CB033706

O batedor de faltas

Cláudio Lovato Filho

O batedor de faltas

EDITORA RECORD
RIO DE JANEIRO • SÃO PAULO

2008

CIP-Brasil. Catalogação-na-fonte
Sindicato Nacional dos Editores de Livros, RJ.

L946b
Lovato Filho, Cláudio
O batedor de faltas / Cláudio Lovato Filho.
– Rio de Janeiro: Record, 2008.

ISBN 978-85-01-08016-5

1. Conto brasileiro. I. Título.

08-0070
CDD – 869.93
CDU – 821.134.3(81)-3

Direitos exclusivos desta edição reservados pela
EDITORA RECORD LTDA.
Rua Argentina 171 – Rio de Janeiro, RJ – 20921-380 – Tel.: 2585-2000

Impresso no Brasil

ISBN 978-85-01-08016-5

PEDIDOS PELO REEMBOLSO POSTAL
Caixa Postal 23.052
Rio de Janeiro, RJ – 20922-970

Para Rosilene

Meus agradecimentos a Francisco Milhorança,
Hamilton dos Santos e Rogério Nunes,
pelo apoio de sempre.

Sumário

Arquibancada

O menino e o pai estão sentados lado a lado na arquibancada de cimento. O menino come amendoim e o pai toma cerveja num copo de plástico. Os dois olham para o gramado onde o time deles não está ganhando nem perdendo, apenas jogando bem.

O pai diz:

— Aquilo que aconteceu...

O menino não olha para o pai. Olha para o campo. Faz força para conseguir isso, pois sabe que assim será mais fácil. O pai continua:

— Aquilo que aconteceu lá em casa...

As cascas do amendoim vão se acumulando no chão entre as pernas do menino.

— Aquilo acontece. É uma coisa normal. Só não pode ser sempre.

O pai termina de falar, bebe a cerveja até o fim e depois limpa a boca com as costas da mão. O estádio não está nem cheio nem vazio. O sol bate forte e esquenta o cimento da arquibancada. Uma folha de jornal é carregada pelo vento fraco. Alguém bem perto tem um rádio.

— Entendeu?

O menino diz:

— Entendi — pensando no quarto dos pais fechado e nos gritos da mãe vindos lá de dentro.

— Só não pode ser sempre — insiste o pai. — Se não for sempre, tudo bem.

O time perde um gol feito. Alguém atrás deles diz um palavrão. Ouvem-se duas batidas num surdo. O menino come amendoim. As cascas continuam a se acumular no chão. Ele não olha para o pai, que chama outra vez o vendedor de cerveja.

Zezo

Eu o reconheci logo de cara. Ele estava sentado à mesa do quiosque, bebendo cerveja devagar. Com aquele jeitão de quem está fodido na vida, não tem a menor expectativa de mudar a situação e simplesmente deixa tudo correr para ver como é que fica. Os olhos injetados, boiando no fundo das olheiras roxas. Parecia gordo, por causa do carão redondo, mas na verdade estava inchado. Os movimentos eram lentos e inseguros: a mão se fechava em torno do copo com hesitação, os pés de vez em quando se arrastavam sob a mesa. A boca murcha denunciava, sem chance de erro, a inexistência de dentes. Para limpá-la, depois de mais um gole, usava as costas das mãos, cujas unhas havia muito tempo não eram cortadas. Apesar de tê-lo identificado logo de saída, demorei um pouco para me convencer intimamente de que era ele ali, sentado daquele jeito, de camisa aberta no peito, bermuda desbotada e chinelos velhos que não conseguiam esconder os pés de dedos tortos que fizeram a alegria de uma geração.

José João Vargas Pacheco. Zezo.

Havia dois anos que eu o procurava. Cinco estados, 22 cidades. Informações desencontradas, pistas falsas fornecidas por má-fé, irresponsabilidade ou ignorância, dinheiro gasto sem condições, um casamento quase arruinado, um emprego perdido.

Zezo.

Comecei pelo Paraná, o estado do último time pelo qual eu sabia que ele jogara. Um time da Segunda Divisão estadual. Fiquei imaginando o que teria significado para ele, depois de todo o sucesso alcançado na carreira, ter de encarar a dura realidade de um clubezinho prelepé com um estádio para três mil pessoas nos arrabaldes de uma cidade esquecida lá dos cafundós.

Depois fui parar no Mato Grosso. Lá perambulei por um punhado de cidadezinhas até localizar uma antiga namorada dele. Incrível aquela mistura de sentimentos — muito fortes, muito intensos — instalada no coração e em cada linha funda do rosto dela: ódio, saudade, pena, admiração. Foi ela quem me fez tomar o rumo de Tocantins, nas pegadas dele.

Em Palmas, cheguei a um velho treinador de Zezo. Que, claro, não foi treinador coisa nenhuma; estava mais para aprendiz. Quando me falou dele, chorou. Era um homem de mais de 70 anos quando o encontrei, pode ser que esteja até morto agora. Josué de Morais, seu nome. Profundo conhecedor do futebol. Um sujeito daqueles que faz todos se perguntarem quando o conhecem: Mas como é que este cara nunca se deu bem? Seu Josué me disse que Zezo, na época em que se conheceram, tinha planos de abrir um bar e abandonar o futebol. No Maranhão, em sociedade com um velho companheiro de bola.

Naquele estado, rodei mil quilômetros até achar Francisco Antônio de Miranda, o Tonho, compadre de Zezo, um irmão. Tonho, quando finalmente consegui apertar sua mão, não tinha mais de seis meses de vida pela frente. Estava morrendo de câncer. Deitado no sofá da sala de seu casebre, observado pela filha mais velha, ele me explicou: "Prometi a Zezo que jamais diria para onde ele foi." E, de fato, não disse. Mas escreveu, no canto de uma página do jornal de três dias antes: "Santa Catarina." Depois virou para o lado, bem devagar.

Santa Catarina ocupa apenas três por cento do território nacional, mas, mesmo assim, quanto tempo seria necessário para localizá-lo lá, sem dispor de uma pista sequer acerca da cidade? Andei pelo litoral, de Sombrio a Navegantes, circulei pelo Vale do Itajaí — Blumenau, Ibirama, Rio do Sul —, depois fui para o oeste do estado, então regressei ao litoral e foi aí que o encontrei, sentado à mesinha de plástico de um quiosque à beira-mar, bebendo cerveja com mãos trêmulas e olhar de quem já morreu.

Zezo.

Meu pai.

Escolhi uma mesa e me sentei. Fiz sinal, e o garçom — um rapazote de chinelo de dedo, bermuda e camiseta do Figueirense — se aproximou. Pedi uma cerveja.

Havia uma frase martelando na minha cabeça, uma frase pichada num prédio perto do Maracanã: *O que você faria se não tivesse medo?*

Medo: senti bastante durante minha infância e minha adolescência. Por causa do Zezo, por causa da vida que eu, minha mãe e meus irmãos tínhamos com ele. Sempre querendo estar em outro lugar, longe dali, longe da gente. Ele nos batia de mão fechada, de cinto, de correia de bicicleta.

O que você faria se não tivesse medo?

Matei o primeiro copo de cerveja num gole só. Por duas vezes ele passou os olhos por mim. Não me reconheceu, tenho certeza. Ele jamais iria se tocar de que aquele cara de barba, gordo e quase careca era seu filho mais velho. Eu.

Zezo. Uma vez saiu no soco com um treinador. Outra vez enfiou um garrafa quebrada na cara de um sujeito. Briga de bar.

Jogava o fino. Passador de primeira. Bola no peito do companheiro do outro lado do campo. Bola no pé do parceiro de frente para o goleiro. Lançamentos de quarenta, cinqüenta metros, fácil, fácil.

Chamei o guri com a camisa do Figueirense e pedi outra cerveja. Acendi um cigarro e me lembrei, pela milionésima vez na vida, de que eu tinha começado a fumar roubando cigarros dele. Ele fingia que não via. E eu na maior cara de pau, me achando esperto. Incauto, isso sim. Sempre fui.

O que você faria se não tivesse medo?

Bebi a outra cerveja, fumei mais dois cigarros, chamei o guri com a camisa do Figueira, paguei, levantei e andei até a mesa onde ele estava.

Cheguei bem perto, ele olhou para cima, eu tirei os óculos escuros e disse:

— Não está me reconhecendo?

Ele não disse nada. Ficou só me encarando, tentando aparentar uma marra que não tinha mais, os olhos começando a ficar molhados de repente.

— Sabe quem eu sou? — insisti.

Ele baixou os olhos e voltou a mirar a mar, o infinito. Bebeu um gole da cerveja e secou a boca com as costas da mão.

— Tchau, Zezo — eu disse, antes de ir embora. — Fique com Deus.

Eu tinha conseguido empatar o jogo.

Sentença

O suicídio do atacante Virgílio fez desabar sobre o clube uma tempestade que só teria fim dali a trezentos e cinqüenta anos. Uma tragédia que passaria a fazer parte do uniforme do time, que estaria presente no distintivo e nas bandeiras, em cada centímetro quadrado do gramado do velho estádio, nos bancos do vestiário, nas arquibancadas de cimento.

— *Não vou poder mais jogar, doutor?*

— *Não, não vai.*

Vinte e cinco anos e um tiro na boca com o revólver presenteado pelo pai. O atacante Virgílio tinha um cabeceio perfeito e um coração pronto para falhar.

— *Tem certeza, doutor? Não tem jeito mesmo?*

— *Tenho, tenho certeza.*

A morte afetou os mais jovens e também os veteranos; os funcionários mais humildes e os conselheiros mais vetustos; a comissão técnica e o torcedor anônimo do último degrau da geral.

— *Doutor, não pode ser. É a única coisa que eu sei fazer.*

— *Eu sei. Mas sinto muito: não dá.*

A lembrança da pobreza, da miséria na periferia. Depois a lembrança do início da carreira, as dificuldades e a expectativa. Então a conquista de espaço, os títulos, o reconhecimento, a sondagem dos empresários, a possibilidade de uma transferência para o exterior, a Seleção.

— *Vamos deixar isso entre nós, doutor. Quebra essa pra mim? Pode ser?*

— *Não, não pode ser.*

O medo de não poder garantir uma vida boa, segura para a mulher, Sônia, e os dois meninos, Alessandro e Giancarlo. O pavor de que a mulher tivesse uma vida como a que teve a sua própria mãe e o pavor de que os garotos tivessem uma infância como a que ele teve, passando fome, sem remédio para combater as doenças, sem roupa suficiente no inverno.

— *O que o senhor vai fazer, doutor?*

— *Vou comunicar ao clube.*

— *Quando, doutor?*

— *Hoje.*

À noite, a mulher no shopping center com um amiga e os meninos. O revólver calibre 38 cano curto numa caixa em cima do armário. Um bilhete de três linhas falando de amor, covardia e perdão, e um pós-escrito garantindo que Waldemar, o amigo de infância procurador e empresário, cuidaria de tudo o que se relacionasse a dinheiro. No carro, o rumo do estádio. A tristeza maior do que tudo, a cabeça vazia de pensamentos, o tempo passando no relógio do painel, as luzes da cidade, o asfalto molhado. O carro estacionado em frente à entrada principal, silêncio, um movimento rápido, sem hesitação, um tiro, o corpo caído de lado, a cabeça escorada na janela fechada. No banco do carona, uma foto de Sônia com os meninos e um recorte de jornal, com ele erguendo a primeira taça.

Novatos

O velho treinador tinha jogadores demais que entravam muito bem durante a partida, mas que, quando colocados em campo desde o início, sumiam em pouco tempo, murchavam, tornavam-se menos do que medíocres. Esses jogadores eram muito jovens, atacantes e armadores recém-promovidos aos profissionais. Eram prata-da-casa, promessas de craque, o clube apostava neles, a torcida também, mas ainda não estavam prontos.

O legendário Ary Santamaria, treinador de muitas batalhas, sabia que só o tempo faria com que amadurecessem. Mas estava preocupado com as expectativas criadas em torno deles. O clube queria resultados imediatos. Não havia dinheiro para comprar jogadores experientes — e bons, diferentemente da quase totalidade dos veteranos do plantel — e, dessa forma, compensar a inexperiência no meio-campo e no ataque do time. O time tinha aspirações de ficar entre os seis primeiros colocados no campeonato. Santamaria não estava confiante nisso.

À noite, em casa, pensava nos garotos que só jogavam bem quando entravam no decorrer das partidas. O problema acontecia com três de seus cinco atacantes e com dois armadores. Para muitos, era um mistério do futebol. Não para o experiente Santamaria. Ele sabia do que se tratava. Já enfrentara a dificuldade muitas vezes antes. Tinha a ver, acima de tudo, com motivação. Os garotos precisavam sentir a urgência de encontrarem uma solução para a partida. Quando entravam faltando 25 ou 20 minutos, colocavam fogo no jogo, infernizavam a vida dos defensores adversários, assumiam integralmente a missão de salvar o time. Também tinha tudo a ver com o fato de entrarem em campo descansados, claro. Pegavam os zagueiros e os volantes já com a língua de fora e barbarizavam para cima deles. Habilidosos, os meninos tinham gás de sobra e um rico repertório de jogadas, e surpreendiam a todos.

Quando começavam jogando, porém, caíam logo nas garras do sistema defensivo adversário, tornavam-se presas fáceis de zagueiros e volantes rodados. Dosavam mal a energia, corriam demais no início. Com poucos minutos de jogo já haviam informado aos técnicos e jogadores oponentes todo o seu acervo de truques com a bola e sem ela. Acabavam sendo anulados com 10 ou 15 minutos de jogo. Eles iam melhorar, claro. Com o tempo aprenderiam a guardar forças para distribuí-la ao longo de toda a partida, simplificariam algumas jogadas, guardariam aquele drible especial para o momento mais oportuno, aprenderiam a ser venenosos e a dar o bote na hora mais apropriada, na situação mais aguda. Aprenderiam a se fazer de mortos. O jogo jamais perderia a graça para eles só por estarem muito marcados. Mas o clube queria resultados a curto prazo.

Ary Santamaria precisaria conversar muito com os seus garotos. Teria de dizer a eles que uma partida de futebol tem 90 minutos, mais os acréscimos. E que um atleta tem de participar do jogo enquanto a bola estiver rolando. Muitos dizem que a história comprova que os craques tiram poucos coelhos da cartola durante uma partida; que apresentam, na verdade, uma ou outra grande jogada que decide tudo. Mas mesmo esses grandes craques, enquanto essas jogadas fabulosas não acontecem, precisam ajudar o time de algum jeito, seja preocupando os defensores adversários, puxando a marcação para que um companheiro se aproveite disso, ou cavando faltas — qualquer coisa, menos ficar andando com as mãos na cintura a partir dos 15 minutos do primeiro tempo, com ar de quem foi descoberto, flagrado, e se rendeu.

Em uma de suas cada vez mais freqüentes noites de reflexão solitária, Santamaria se viu segurando a foto da mulher, Júlia, falecida havia cinco anos. A foto estava em um porta-retrato bonito e discreto. Lembrou-se de como ele próprio fora um jovem precipitado e impaciente. Pensou nas vezes em que Júlia teve de suportar sua intolerância em relação a qualquer coisa que não estivesse correndo exatamente como ele queria.

Santamaria se lembrou de um episódio ocorrido em 1973, um ano especialmente difícil na vida deles. Ainda não era um técnico consagrado, longe disso. Estava insatisfeito com o rendimento do time naquele início de temporada, achava que os resultados já deveriam ser muito melhores, ignorou o fato de que nenhum outro time do país naquele momento tivesse desempenho melhor, esqueceu-se de que o elenco havia passado por uma reformulação quase completa. Certo dia, no final de um treino, ficou sabendo, pelo médico da equipe, que um conselheiro havia comentado na festa de aniversário do clube que o técnico estava escalando o centroavante errado. Santamaria se enfureceu e foi tirar satisfações com o conselheiro, sujeito pouco conhecido e sem nenhuma influência no clube. A conversa, no estacionamento do estádio, terminou com insultos de ambos os lados. Santamaria pediu as contas e desapareceu. Seus companheiros de comissão técnica, quase todos os jogadores e muitos dirigentes tentaram fazê-lo mudar de idéia, mas não conseguiram. Santamaria ficou o restante do ano sem trabalhar, até conseguir um novo contrato.

Ary Santamaria mudou e, com isso, fez de Júlia uma mulher mais feliz. A companheira serena e compreensiva nos bons e nos maus momentos, a Júlia da foto no porta-retrato bonito, que, naquela noite de solidão, ele colocou de novo sobre a mesa de centro da sala de estar para voltar a pensar em seus garotos que só jogavam quando entravam com a partida em andamento e que tinham entre 17 e 20 anos.

Com o transcorrer do campeonato, dois dos garotos demonstraram evolução mais rápida do que os outros: Mauro, um dos armadores, e Carlinhos, um dos atacantes, já não se entregavam tão cedo e tão completamente à marcação.

Na metade do campeonato, o armador pela esquerda, Robério, a maior promessa do grupo, mas ainda afeito demais às firulas e com uma tendência a se jogar no chão bem antes de o adversário encostar nele, teve uma grave lesão no joelho e não jogou mais naquele ano. Uma péssima notícia, um problema com o qual teriam de conviver sem esperar solução.

Os outros dois garotos continuavam a exemplificar na prática um velho ditado que Santamaria aprendera com seu sogro: "Arrancada de touro, chegada de vaca."

O time chegou ao final do campeonato como 15º colocado entre os 24 que disputavam a Primeira Divisão.

O clube teve de transferir suas expectativas para o ano seguinte. Não tinha outro jeito.

Santamaria sabia que no outro ano as coisas seriam melhores. Os meninos estariam diferentes, teriam se transformado em jogadores de jogos inteiros, ou quase.

O velho treinador Ary Santamaria pensou então que no ano seguinte ele também teria de estar melhor. Porque tanto seus garotos quanto ele próprio, assim como todas as outras pessoas, seriam sempre novatos nesta vida. Ao ter esse pensamento, Santamaria sorriu, olhando para o reflexo de seu rosto enrugado no vidro da cristaleira da sala de estar em que passava a maior parte de suas noites de homem solitário. Apesar da melancolia que não parava de crescer dentro dele, Santamaria ainda sentia-se abraçado pela confortante sensação de que sempre se poderá ficar melhor enquanto houver tempo e se tiver um espírito inquieto.

Noite em claro

Fora deitar-se às onze horas, depois de assistir, com o técnico e alguns companheiros, à gravação do último jogo do adversário do dia seguinte, contra o qual fariam a final do Campeonato Estadual, sua primeira decisão como profissional. Não conseguia dormir, não havia jeito. Olhou para o lado e, mesmo na total escuridão, percebeu que seu companheiro de quarto, Ivan, um lateral-direito raçudo e bom de bola, dormia profundamente. Estava sendo açoitado por uma angústia terrível, mas não sabia que o sentimento tinha esse nome.

O zagueiro Wagner Luiz, como acontece de praxe com os insones, virava de um lado, virava de outro, e então ficava de bruços, e depois de barriga para cima, mas o sono não chegava, porque a cabeça era um redemoinho de pensamentos incoerentes e a adrenalina já estava alta.

Procurou concentrar-se em alguma coisa, apegar-se a apenas um pensamento, e, como sempre ocorria numa hora como aquela, foi a imagem do avô que lhe surgiu, o avô materno, Célio, que fora um apaixonado por futebol e lhe ensinara a ver o esporte de um modo diferente.

Vô Célio foi um pai para Wagner Luiz, cujo pai verdadeiro saiu de casa quando a esposa começou a adoecer e os dois filhos, um casal, ainda eram crianças pequenas. Wagner Luiz e o avô iam ao estádio juntos, todo domingo e às vezes nas quartas-feiras à noite.

O avô — Wagner Luiz lembrava mais uma vez naquele quarto de concentração dividido com o lateral Ivan — assistira à final da Copa de 50. Falara-lhe inúmeras vezes sobre aquele jogo; até seu último dia nesta vida o avô era assombrado por aquela final.

Enfrentando a insônia na noite que antecedia sua primeira decisão como profissional, Wagner Luiz lembrava do avô falando nos jogadores daquela partida: Máspoli, o goleiro uruguaio, um defensor chamado Gambetta, o capitão do time, Obdúlio Varela, Ghiggia, que fizera o segundo gol, Schiaffino, autor do primeiro, Julio Pérez, um grande craque, Míguez, o centroavante, e Morán, o mais jovem do time, que jogava no ataque, pela esquerda, 19 anos de idade naquele jogo. E logo depois de elogiar todo o time do Uruguai, invariavelmente recitava a escalação do Brasil (Barbosa, Augusto, Juvenal, Bauer, Danilo, Bigode, Friaça, que marcou o nosso gol, Zizinho,

Ademir, Jair e Chico), e dizia que Barbosa não tivera culpa no gol de Ghiggia ("Barbosa achou que ele fosse cruzar"), e que Bigode levou mesmo um tapa de Varela, mas que não fora na cara, e sim no pescoço, por trás, e que Bigode não revidara porque os jogadores tinham sido instruídos a não ser violentos em hipótese alguma, porque o mundo inteiro estava de olho e o Brasil tinha de dar um exemplo de civilidade, e então Bigode não reagiu. "Tiraram a virilidade do Bigode", o avô dizia.

Nas tardes de domingo no estádio, o avô lhe falava também sobre outras Copas, como a de 58, na Suécia, na qual Mané Garrincha e Pelé deixaram o mundo de boca aberta, e a Copa do Chile, em 62, que Mané praticamente ganhou sozinho, e o México, em 70, quando o mundo viu o melhor time de futebol de todos os tempos, e a Copa de 74, na Alemanha, em que a emoção de ver um futebol mágico foi assegurada por um holandês magro e alto, chamado Cruyff, que jogava com a camisa 14, a mesma que usava em seu time, o Ajax, e 82, na Espanha, quando o Brasil não disputou partidas, mas, sim, fez apresentações artísticas com Leandro, Júnior, Cerezzo, Falcão, Zico, Sócrates, Éder e outros grandes jogadores.

O avô, contudo, logo voltava ao seu tema preferido, a Copa de 50, e contava-lhe da desolação das duzentas mil pessoas que assistiram à partida no Maracanã, e o choro dos jogadores ainda no gramado — o choro de uruguaios e brasileiros por motivos completamente opostos. "Nós já considerávamos o jogo ganho", dizia o avô, "e no futebol isso não existe. Os uruguaios jogaram bem, foram valentes, e não só Obdúlio Varela, todos eles lutaram muito, foram homens de coragem, tiveram fibra".

"Fizemos o que podia ter sido feito", dissera-lhe o avô várias vezes, com a serenidade de quem encontrou a resposta definitiva para uma pergunta que estava acima do bem e do mal, da vida e da morte.

Já quase dormindo, Wagner Luiz pensou que no dia seguinte (na verdade, naquele mesmo dia, dali a algumas horas) faria isso, faria o que podia ser feito, e deixaria o que não poderia ser feito continuar assim: sem ser feito.

O zagueiro Wagner Luiz adormeceu quando já eram quase cinco horas da manhã, apaziguado por lembranças que sempre vinham em seu socorro quando a situação se complicava. Às vezes isso acontecia dentro do campo de jogo, quando acabava de se safar de algum risco ou sentia que estava prestes a enfrentá-lo: a recordação do avô Célio lhe invadia a cabeça; avô Célio com aquele seu sorriso, piscando o olho para ele; avô Célio levantando de repente na arquibancada para comemorar um gol do seu time do coração. O jovem zagueiro, que nasceu muitos séculos depois daquela final que transformou a vida de seu avô, sabia muito bem de quem era a maior parcela de responsabilidade por ele ter se tornado um jogador de futebol, por ele ser aquilo que lhe dá felicidade e que lhe permite dar felicidade a outros, nem que seja apenas nas tardes de domingo e às vezes nas noites de quarta-feira.

O jovem zagueiro Wagner Luiz conquistou naquele dia seu primeiro título e o dedicou ao avô, Célio. Ele repetiria esse ato ao longo de uma carreira bem-sucedida, na qual colecionou títulos, muitos amigos, legiões de admiradores e algumas transcendentes noites sem dormir.

Instrumento de trabalho

Eu dou carrinho, todo mundo sabe. Faço porque sei fazer e porque gosto. Desde garoto eu acho que um carrinho bem dado é uma das jogadas mais bonitas do futebol. É uma beleza o carrinho na bola, vindo de lado, lavrando o gramado para atravessar o corpo na frente do atacante e desarmar o cara sem encostar nele. Mas o carrinho de frente, indo na bola com a sola da chuteira, para dividir, também tem o seu valor. Agora, se precisar, paciência, dou carrinho por trás, mas isso só em último caso. E sempre visando à bola. Bom, seja que tipo de carrinho for, o segredo é saber o momento certo de dar o bote. Aí é que está a arte.

Não me acho um jogador violento. Você pode até rir disso que falei, mas é a verdade. Não uso o cotovelo, não levanto o pé acima da linha da bola nas divididas. Craque eu nunca fui e nunca vou ser, mas tenho os meus recursos. Sei desarmar sem fazer falta e o meu passe sempre foi elogiado pelos meus técnicos. Dificilmente sou expulso. É só ver as minhas estatísticas.

O lance de ontem foi uma fatalidade. Juro pelo que é mais sagrado que não tive a intenção de quebrar o Neca. Acontece que o campo já estava bem molhado àquela altura da partida. Ele recebeu o lançamento e ficou de frente para o Heitor, o nosso goleiro. Eu era quem estava mais perto do Neca, e aí o único jeito foi tentar dar o carrinho, mas ele escorregou quando foi armar o chute — eu vi no VT, em câmera lenta, o pé de apoio dele, o esquerdo, deslizou na grama — e então em vez da bola peguei com a sola da chuteira em cheio no pé esquerdo dele. Eu sabia que tinha quebrado o Neca na hora, ouvi o barulho do osso partindo. Eu queria tirar a bola da frente dele e sabia muito bem que, se isso acontecesse, em vez da bola ele poderia chutar as minhas pernas, mas tudo bem, fui em frente. Só que não foi a bola que eu acertei, foi o tornozelo dele.

Li que ele só vai voltar a treinar em três meses. É verdade? Três meses sem jogar é muito tempo. O cara precisa ter uma cabeça muito boa. Tomara que o Neca não entre em depressão, esse tipo de coisa. Ele está com 26 anos, não é isso? Ah, 25. É novo, tem muito tempo de bola pela frente.

O pessoal lá de casa acha que eu devo ir logo visitar o Neca. Eu não sei. O negócio ainda está quente, sei lá como é que os amigos e os parentes dele vão me receber. Pode ser que ele não queira falar comigo. Que coisa, cacete. Se eu pudesse fazer voltar o tempo... Eu não teria dado aquele carrinho. Porra, se o campo estivesse seco e o pé dele não tivesse deslizado, teria dado tudo certo.

Estou no maior pesar pelo Neca, claro. Estou lamentando demais o que aconteceu. Agora, não vou parar de dar carrinho por causa disso. É uma jogada que eu gosto de fazer, que eu sei fazer. É como se fosse uma marca registrada minha. Tem gente que diz: "O Bruno joga mais tempo deitado do que em pé." E daí? Futebol também se joga deitado, cada um usa o corpo do jeito que quiser. Eu tenho certeza de que isso que aconteceu ontem não vai acontecer de novo. Foi a primeira e última vez que quebrei alguém dando carrinho.

Lamentar o que aconteceu, eu lamento, com certeza. Mas a vida continua, o campeonato continua na quarta-feira. Acidentes acontecem, a vida é assim. Desta vez o Neca levou a pior, mas a carreira dele não acabou. Quem joga bola está se arriscando o tempo todo. Isso é lei. O perigo vem de todo lado, e olha que eu sei do que estou falando.

Maqueiro

Já me chamaram de macário, hoje sou maqueiro e amanhã, pelo que tenho escutado, vou ser substituído por um carrinho. Um carrinho parecido com aqueles dos campos de golfe.

Comecei com vinte anos, logo depois de deixar o Exército. Tive vários parceiros, mas todos foram embora, ninguém quer ser maqueiro a vida toda.

Já carreguei jogador com fratura exposta que gritava pela mãe, por causa da dor e do desespero. Também já levei um bocado de malandro, claro.

Fui macário, hoje sou maqueiro, amanhã vou ser trocado por um carrinho branco com toldinho listrado de azul e branco.

Trocado sim, porque no carrinho eu não subo, não tem jeito, não mesmo.

Houve ocasiões em que os médicos me diziam: "Vai devagar, porra, vai devagar. Está com pressa por quê?"

Em outras, eles falavam: "Vamos logo, porra, vamos depressa que é daqui para o hospital!"

Quantas vezes abri o pulso! Quantas vezes quase caí, porque o jogador era pesado, mas me agüentei firme e fui em frente!

Tenho 52 anos, mas estou em forma. Sempre fui magro, faço exercícios todos os dias. Tenho muita força nos braços e nas pernas. Não bebo, não fumo, não como gordura. Todo mundo diz que tenho corpo de garoto.

Eu bem que gostaria de continuar a fazer esse meu serviço por mais tempo, muito mais. É o meu trabalho, afinal de contas, tem sido o meu ganha-pão durante esse tempo todo, formei dois filhos na faculdade com o que ganhei aqui, mas o carrinho está chegando aí, a porra do carrinho.

Não sei bem como é que vou reagir quando eu tiver de me despedir. Acho que vai ser um dia muito triste para mim. Talvez eu dificulte um pouco as coisas para os caras. Pode ser que eu apronte uma boa e eles tenham de me tirar daqui de maca. O maqueiro carregado na maca. Ou então o macário no carrinho, a porra do carrinho.

Dividida

A mulata Luciana decidira se separar do zagueiro Soares porque se apaixonara pelo volante Moisés.

A notícia desabou sobre o clube como uma bomba cuja explosão e seus efeitos devastadores seriam apenas questão de tempo. Mas, num daqueles acontecimentos que surpreendem a todos, os dois jogadores trataram a questão racionalmente e, para estupefação geral, continuaram a se relacionar de forma cordial.

Soares e Luciana, casados durante quase três anos, não tinham filhos. Ele fora contratado havia oito meses, no início da temporada. Moisés já estava no clube tinha dois anos. Ele e Luciana se conheceram num almoço de confraternização na casa do treinador Eurico Bastos. Foi paixão à primeira vista, dos dois lados.

O primeiro passo para o rompimento fora tomado por Luciana, que, numa noite de vento, chuva e frio, falou francamente com Soares. O segundo movimento marcante fora feito por Moisés, que convidou Soares para conversar no apartamento de um companheiro de time, amigo de ambos.

A bela morena Luciana se mudou para a casa de Moisés e Soares ficou sozinho no apartamento.

O quarto-zagueiro Soares era um homem esclarecido. Chegara a cursar dois anos da faculdade de Comunicação Social, era leitor compulsivo, cinéfilo e tocava, com razoável talento, um violão com cordas de aço. Tinha 28 anos e um comportamento de homem de bom senso, dentro e fora do campo. Demonstrou ter absorvido com maturidade a separação.

O experiente volante Moisés, um negro alto e magro de 31 anos, dono de um futebol clássico, não era tão instruído, mas ficara conhecido no mundo do futebol por seu bom caráter e sua camaradagem com os companheiros. Era um sujeito benquisto por todos no clube.

A sensual Luciana tinha 26 anos e um sorriso arrasador. Ela e Soares se conheciam desde a infância. Jogando nas categorias de base do clube da capital do estado em que moravam, ele ia para a cidade natal deles sempre que podia. O tempo foi passando entre jogos e o longo namoro. Seis anos depois de se tornar profissional, pediu Luciana em casamento. Ela hesitou, mas acabou dizendo sim diante de uma insistência obstinada da parte dele.

Agora estavam naquela situação, observados em silêncio por uma multidão que se espantava com a civilidade demonstrada pelos dois jogadores — sobretudo Soares.

A bomba, ao que parecia, jamais explodiria. O ambiente, aos poucos, foi ficando menos tenso, desanuviando-se. O time vinha fazendo boa campanha no Campeonato Nacional. Desde o início estava posicionado entre os seis primeiros colocados e lá, ao que parecia, ficaria até o final. Havia quem apostasse na conquista do título. A torcida enchia o estádio em todos os jogos. O salário dos jogadores estava em dia. A equipe era respeitada no país inteiro. O clima era de tranqüilidade e confiança.

Até o dia em que, durante um treino coletivo, o zagueiro Soares levantou o pé além do que devia numa dividida com o volante Moisés e quebrou-lhe a perna. O barulho do osso se partindo e o grito de Moisés ecoam pelas dependências do estádio até hoje.

Soares saiu de campo caminhando com semblante sereno, enquanto Moisés se contorcia no gramado e era atendido pelo médico do clube.

O zagueiro Soares abandonou o futebol naquele dia. Os companheiros de time e os amigos que fizera no clube nunca mais tiveram qualquer notícia dele. Desapareceu para sempre, como se jamais tivesse existido, a não ser no reflexo dos olhos negros da mulata Luciana.

Volta por cima

O centroavante Ramiro não fora contratado para ser titular. Chegou ao clube para "compor o grupo", como disse o diretor de futebol no dia da apresentação do jogador. Estavam todos cientes disso.

Ramiro tinha 26 anos. Jogara antes em dois clubes sem expressão que jamais haviam disputado a Primeira Divisão nacional. Na cidade, sabia-se pouco, quase nada, a respeito dele. Era um desconhecido. Sua indicação fora feita por um dos empresários que gozavam de mais prestígio no clube, Alício Lourenço. Ele dissera ao presidente e ao diretor de futebol: "É um rapaz com potencial. Precisa de uma chance num clube grande para estourar."

O clube precisava de um reserva para o centroavante titular, Esaú, um dos astros do time, que disputaria, naquela temporada, um torneio continental e duas competições de âmbito nacional, além do Campeonato Estadual.

Na mesma época da chegada de Ramiro, desembarcaram também outros cinco jogadores. A decisão, tomada em conjunto pela direção e o técnico Thales Rocha, era de que o plantel teria 25 jogadores.

A preocupação da comissão técnica com Ramiro começou logo nos primeiros treinos coletivos e depois se estendeu aos amistosos realizados durante a pré-temporada no litoral. Estava em boas condições físicas; chegou a causar espanto no preparador físico Renato Pires a excelente forma do recém-contratado. Certamente, calculou Renato, Ramiro se preparara durante as férias, correra todos os dias, jogara muitas peladas e talvez até tivesse feito musculação. Estava no seu peso ideal e o fôlego não acabava nunca.

A preocupação do treinador Thales Rocha e de seus auxiliares referia-se às condições técnicas de Ramiro. Nos treinos e amistosos da pré-temporada, ele não fez um gol sequer, apesar das inúmeras chances que tivera. Mas o pior não foi isso. A incompetência na finalização ampliava-se a quase todos os outros fundamentos: tinha imensa dificuldade em acertar passes (mesmo que o companheiro estivesse perto, bem perto); o chute era fraco e, com assombrosa freqüência, sem direção; apesar de alto, cabeceava mal, porque não tinha o tempo certo do salto, nem boa impulsão; simplesmente não conseguia driblar ou fintar, já que, para isso, seria preciso, antes, dominar a bola, no que Ramiro também fracassava na maioria das vezes.

— Olha só a merda que o filho-da-puta do Alício nos empurrou — disse Thales Rocha para seu auxiliar Hugo da Matta durante um coletivo.

A primeira competição nacional começou. Partidas eliminatórias de ida e volta. Nos três primeiros duelos que o time enfrentou (e venceu) na competição, Ramiro sequer foi relacionado para o banco de reservas. Concentrava, mas nem ia para o vestiário. Paralelamente, teve início o Campeonato Estadual. Um segundo time, composto de reservas e jovens jogadores recém-promovidos aos profissionais, disputava as partidas nos campos esburacados do interior. Ramiro era o camisa nove dessa equipe. Em três jogos, fez apenas um gol, meio sem querer, numa falha grotesca do goleiro adversário.

A torcida e a imprensa também já haviam tomado sua decisão quanto a Ramiro: tratava-se de um perna-de-pau sem conserto, um cabeça-de-bagre irrecuperável. Não tinha condições de vestir a camisa do clube, não possuía competência para atuar profissionalmente. Ramiro, o pereba trazido por equívoco da direção. Não que essas opiniões tivessem merecido debate nas esquinas ou nas arquibancadas, ou espaço nos jornais. Ao contrário: foi uma constatação rápida e definitiva, um diagnóstico frio sobre a mediocridade de um jogador. E Ramiro foi deixado de lado, esquecido. Não valia a pena desperdiçar tempo, saliva e papel com ele.

Mas então uma nuvem negra estacionou sobre o clube. No primeiro jogo da semifinal da competição nacional, Esaú, o centroavante titular, sofreu uma lesão muscular que o afastaria dos gramados por, pelo menos, um mês. Na mesma partida, seu reserva, Hugo Sá, um garoto de 17 anos que, ainda durante a pré-temporada, tomara o lugar de Ramiro na preferência da comissão técnica, torceu o joelho e só poderia voltar a campo lá pelo fim do ano. O técnico Thales Rocha não teve outra opção a não ser chamar Ramiro para assumir a vaga.

Apesar de todos os problemas, o time de Thales Rocha vencera o primeiro jogo da semifinal, na casa do adversário, por um a zero. Um empate na segunda partida seria suficiente para levar a equipe às finais. E foi um empate em zero a zero o que a torcida, que lotara o estádio, presenciou — com alívio e, sobretudo, preocupação. Ramiro não tocou na bola, o que, provavelmente, foi o melhor que poderia ter lhe acontecido. Um jogo truncado, de muita marcação e raros lances de gol.

Na semana que antecedeu a primeira partida das finais, Thales Rocha lançou mão de todo o seu conhecimento e toda a sua experiência — que não eram poucos — para tentar melhorar o desempenho ofensivo da equipe. Liberou inteiramente um dos laterais para o apoio, colocou em campo dois armadores, avançou a marcação — tudo isso sem sucesso. A deficiência do time na finalização (sobretudo de Ramiro) estava comprometendo.

Veio o primeiro jogo, no estádio do adversário, e com ele uma derrota por dois a zero. A equipe oponente fora superior ao longo de toda a partida. Outra vez, Ramiro praticamente não tocara na bola. Ficara todo o tempo escondido atrás dos zagueiros, confuso, deslocando-se equivocadamente, jamais oferecendo-se como opção para os companheiros. O time agora precisaria vencer por uma diferença de, no mínimo, três gols para conquistar o título, tarefa que todos no clube consideravam impossível de ser cumprida com aquele ataque (com aquele centroavante!).

Thales Rocha simplesmente resolveu que aquilo que podia ter sido feito fora feito. Continuou tentando acertar o ataque do time, mas sem, de fato, acreditar que atingiria seu objetivo. Comandou seus treinos e aguardou a hora do jogo. A sorte estava lançada.

No dia da partida, quando, depois de concluído o aquecimento, os jogadores terminavam de vestir o uniforme, Thales Rocha fez um sinal para Ramiro, chamando-o para o canto do vestiário onde sempre ficava nos instantes que precediam a entrada do time em campo.

O experiente treinador aguardou a aproximação de Ramiro pensando no que diria. Depois de algum tempo em silêncio, olhou para o jogador e baixou os olhos.

— Nós vamos precisar muito de você hoje.

Ramiro nada disse. Apenas moveu a cabeça para cima e para baixo.

— Confio em você, Ramiro. Você é um guerreiro, um lutador. Quero ver a sua garra em campo hoje.

Ramiro então disse:

— Pode contar comigo. Pode continuar confiando em mim.

— Valeu, garoto — disse Thales Rocha, dando dois tapinhas no ombro de Ramiro. — Vai lá, vai pra cima deles e arrebenta.

Ramiro deu meia-volta e retornou ao lugar onde estava. Certificou-se de que as chuteiras estavam bem amarradas e foi para a porta do vestiário — tenso, como de costume, e sem conversar com ninguém.

Naquele mesmo momento, Thales Rocha recriminava-se, com certa dose de cinismo, por ter dito que confiava naquele pobre-diabo. Uma mentira deslavada.

Quando o time entrou em campo, a torcida que lotava o estádio foi ao delírio, embora já tivesse estado mais confiante em outras ocasiões. Quando o placar eletrônico e o sistema de alto-falantes começaram a anunciar, em perfeita sincronia, a escalação, Ramiro temeu que seu nome fosse vaiado, o que não aconteceu. Tampouco foi aplaudido.

O primeiro sinal de que coisas estranhas iriam acontecer naquele jogo surgiu quando, aos nove minutos, Ramiro aparou um rebote, de sem-pulo, na meia-lua da área adversária, e mandou a bola no travessão. Uma parte da torcida aplaudiu a jogada. Cinco minutos depois, ocorreu o que muitos viram como o primeiro milagre da partida: um zagueiro com excesso de autoconfiança tentou driblar Ramiro na saída de jogo, ao lado da grande área, e perdeu a bola. O goleiro abandonou a pequena área em pânico. Ramiro teve tempo, sangue-frio e — causando espanto geral — habilidade para, com um gancho de pé direito, encobrir o arqueiro. Ramiro, aparentemente perplexo pelo que acabara de fazer, ficou parado, olhando para a bola no fundo do gol. O estádio veio abaixo. Os companheiros de time, com os quais, de um modo geral, não tinha proximidade, vieram todos festejar o golaço com ele.

Antes de o primeiro tempo terminar, Ramiro cabeceou, com precisão e violência, uma bola que o goleiro conseguiu espalmar para escanteio numa defesa antológica.

No vestiário, Thales Rocha estava tão surpreso e desconcertado que mal conseguiu dar suas instruções ao time. Ficou apenas repetindo orientações para que continuassem fazendo no segundo tempo o que fizeram no primeiro. Depois daquela rápida e confusa preleção, o treinador se aproximou de Ramiro, deu-lhe dois tapinhas nas costas e disse:

— Vai lá, guerreiro. Hoje é o seu dia. Confio em você.

Ramiro sorriu, baixou a cabeça e foi para o campo.

A partida reiniciou com os dois times apertando a marcação. A bola não passava das intermediárias. Numa das poucas jogadas ofensivas, o ruivo e baixinho Telmo, companheiro de Ramiro no ataque, escapou da marcação e arranjou um escanteio. Ele mesmo, o foguinho Telmo, cobrou. A bola foi afastada pela defesa, mas voltou com um chute do volante Miguel e estourou no peito do goleiro. Ramiro, que estava na marca do pênalti, encheu o pé e acertou o ângulo superior esquerdo. Era o seu segundo gol na partida e, depois disso, a torcida, em transe, começou a gritar seu nome.

O terceiro gol foi de falta, da quina da grande área. O armador Jano ia bater, como sempre, mas Ramiro pediu-lhe a bola, entregue com alguma hesitação. Ramiro a colocou no local da cobrança. O chute foi muito forte, rasteiro, a bola morreu no canto inferior esquerdo do gol. Três a zero.

Ao apito do árbitro, começou uma festa que jamais seria esquecida no clube. Cercado por repórteres de jornal, rádio e TV e por torcedores que haviam invadido o gramado, Ramiro resolveu falar. Tinha uma mensagem a transmitir, uma homenagem a fazer.

— Quero dedicar esta vitória a uma pessoa muito importante aqui no clube, o professor Thales, o nosso técnico, que nunca acreditou em mim, nunca quis saber de falar comigo, mas que hoje já me deu uns quantos tapinhas nas costas.

Dois dias depois, na volta aos trabalhos, Thales Rocha procurou a direção para exigir o afastamento de Ramiro do elenco. O desrespeito e a indisciplina, argumentou o treinador, tinham sido muito grandes. Tudo bem que teriam de enfrentar a estranheza e até mesmo — quem diria — a revolta da torcida, mas paciência, aquilo tinha de ser feito, discursou Thales Rocha.

Uma semana depois, o experiente técnico deixou o clube. A versão oficial fora de que o afastamento se dera de forma amigável. Não haveria mesmo de ser diferente, após mais de três anos de bons serviços prestados. O treinador tinha problemas pessoais a resolver, claro.

Quanto a Ramiro, seu futebol continuou a evoluir de maneira rápida e impressionante. Isso para sua alegria, da torcida da qual era agora um ídolo e de seu amigo do peito e empresário Alício Lourenço.

O batedor de faltas

Pela primeira vez em quase dez anos como profissional ele era o batedor de faltas do time. Faltas de média e de longa distância. Dos tiros de perto, quem se encarregava era o armador Benito, um canhoto que muito raramente dava trabalho aos goleiros. As faltas da intermediária para trás eram com ele, Luís Sílvio. Dedicara-se a elas com especial afinco a partir do início da atual temporada. Decidira que ficaria bom nisso, bom mesmo. Seria o cobrador oficial. Depois dos treinos, permanecia no gramado treinando. Suou a camisa e foi recompensando: aprimorou-se no fundamento e ganhou o posto de batedor de faltas de média e de longa distância.

Agora, depois de quase oito meses de disputa do Campeonato Nacional, faltando cinco rodadas para o término da competição, ele contabilizava sete gols de falta, os quais, somados aos outros cinco que fizera (quatro deles de cabeça), o colocavam na condição de artilheiro do time. Nada mal para um quarto-zagueiro.

A equipe vinha fazendo uma campanha apenas razoável. Não havia um jogador capaz de desequilibrar as partidas. Um time sem craques. O problema maior, porém, era a ineficiência dos atacantes. Por causa disso, o técnico Romeu Motta passou praticamente todo o campeonato trocando seus jogadores de frente; experimentando, improvisando, insistindo, desistindo, voltando a experimentar. Luís Sílvio, com seu chute potente, acabou suprindo em grande parte essa deficiência da equipe. "Time em que zagueiro é artilheiro tem algum problema", era o que diziam e escreviam os jornalistas, substituindo as palavras, mas mantendo o sentido. A equipe não seria rebaixada, isso já estava garantido. Tampouco seria campeã, isso já era uma certeza desde que o campeonato começou. A equipe não daria vexame, não envergonharia a torcida, mas também não brilharia, e foi exatamente assim que tudo se deu, conforme o previsto.

O imprevisto, a surpresa ficou por conta de Luís Sílvio. O experiente quarto-zagueiro que chegara ao clube havia pouco mais de dois anos converteu-se na única razão de alegria daquela imensa e apaixonada torcida. Ele batia faltas, fazia gols. E os gols eram os instantes de glória de Luís Sílvio, faziam-no sentir-se como nos tempos de menino, nos tempos da escolinha e do infantil, e depois como nos tempos de adolescente, no juvenil, e um pouco mais tarde, nos juniores, o coração saindo pela boca, parecendo que ia explodir, a felicidade mais completa que se podia sentir. E agora isso acontecendo outra vez. Menino de novo.

Quando um companheiro caía, por ter sofrido uma falta ou por ter se atirado ao chão, não importava, e o árbitro apontava para o local da cobrança e então começava a contar os passos para a barreira, e ele, Luís Sílvio, ia trotando para pegar a bola, explodiam cápsulas de vento gelado na boca do seu estômago, a cabeça latejava e uma tal euforia tomava conta de cada um dos seus pensamentos, e assim ele já não era mais controlador de seus gestos e de suas palavras e de seus pensamentos, era tudo um mar revolto, um maremoto, um cataclismo. E ele ajeitava a bola no local indicado pelo árbitro, e tomava distância, sempre muita distância, e via a barreira andar, e seus companheiros tentando atrapalhar os jogadores que estavam na barreira, e ouvia o goleiro gritando, berrando, "Pra esquerda, mais pra esquerda, caralho!", e ele com as mãos na cintura, e a torcida, a torcida... A torcida ficava em silêncio, mas era como se fizesse o maior som, o maior ruído do mundo, e não havia palavras nesse som, havia apenas um murmúrio maior do que tudo, um murmúrio do fundo do abismo da alma, de cada alma ali no estádio somada a outra alma e a outra e a outra, e ele sentia as pernas tremerem, a esquerda e a direita, a perna do chute, e então corria, corria e, no momento do chute, o pé de apoio plantado ao lado da bola e o outro chocando-se nela com o peito, não exatamente no meio do pé, era mais para o lado de fora, a parte externa e o impacto do pé na bola, a musculatura toda rija, e o som da bola começando sua viagem de lança, de flecha envenenada, de tiro assassino, e a respiração suspensa enquanto acompanhava com os olhos arregalados a trajetória da bola, passando ao lado da barreira, fazendo uma curva atrás dos jogadores que estavam na extremidade, e o goleiro tentando fazer alguma coisa, desesperado, e então a rede balançando, e os companheiros olhando e rindo para ele, e começando a correr em sua direção, e no mesmo instante, ou quase no mesmo, a torcida explodindo num grito, agora um barulho captado pelo ouvido e não apenas pela mente, e então ele se deixando levar pelo fluxo, a correnteza de alegria em estado bruto, em estado puro, e ele sendo feliz de um jeito que nunca ninguém vai conseguir entender exatamente como é, uma coisa que é só dele, que faz tudo valer a pena; algo que se persegue a vida inteira porque, descobriu isso, é o melhor que a vida tem a dar, e ele encontrou o caminho, o canal para chegar lá sendo o batedor de faltas, o cobrador oficial, com seu chute potente e seu coração de menino.

Acuados

O diretor de futebol se chamava Laerte Martins e falava aos gritos:

— Era só deixar como estava, porra! Era só ficar tocando a bola! Olha o que a gente foi arranjar!

A voz de tenor ia ficando cada vez mais rouca.

— O que é que custava deixar a porra do jogo terminar empatado?

Os jogadores ouviam a tudo sentados no vestiário acanhado, enquanto o barulho da massa enfurecida vinha em ondas lá de fora. Bill Clinton e Vatapá, os dois seguranças do time, postaram-se perto da porta, prontos para resistir a uma eventual tentativa de invasão.

Estavam isolados. Não aparecia um policial sequer. Havia jogadores e membros da comissão técnica com medo de não conseguirem sair dali com vida. O diretor de futebol dirigiu-se a um canto do vestiário, onde o técnico Airton Carneiro assistia a tudo em silêncio. O diretor aproximou-se dele e disse, em voz baixa:

— Carneiro, porra, Carneiro. Você comanda esse time ou não? Olha o que é que a gente foi arrumar!

— Doutor Laerte, eu falei para eles puxarem o freio. Mas os filhos-da-puta do Jaques e do Mauro Carioca continuaram jogando para ganhar.

O diretor esfregou os olhos com as duas mãos.

— Um gaúcho e um carioca cachaceiros juntos só podia dar merda. Onde é que eu estava com a cabeça quando contratei esses caras?

Jaques era armador; Mauro Carioca, centroavante. Jogadores experientes, já haviam sido companheiros em dois outros clubes. Ao longo de todo o campeonato, salvaram o time várias vezes.

Os dois jogadores estavam agora sentados lado a lado, em silêncio, de cabeça baixa, no banco de madeira junto a uma das paredes e que ia de uma ponta a outra do vestiário. O lateral Ruy se sentou ao lado deles.

— Acho que a gente não sai daqui hoje — disse.

O volume do barulho vindo lá de fora aumentava rapidamente. Uma pedra acertou a pequena janela basculante sobre a porta. Estilhaços atingiram o rosto do supervisor Henrique Souto. O médico Carlos Alberto Gonçalves correu em seu auxílio. Os dois tinham mais de dez anos de clube e jamais haviam passado por uma situação daquelas.

O diretor de futebol olhava fixamente para Jaques e Mauro Carioca. Bill Clinton e Vatapá estavam tensos como soldados numa trincheira cercada de inimigos sanguinários e bem armados. Alguns jogadores, os mais religiosos, rezavam de mãos dadas. O técnico Airton Carneiro lamentava não ter substituído Jaques e Mauro Carioca a tempo e relembrava os acontecimentos que tiveram começo antes mesmo do apito inicial do árbitro.

Era a primeira vez que o time adversário disputava a Primeira Divisão do Campeonato Estadual. Um clube modesto do interior, com uma história obscura, uma equipe limitada e uma torcida pequena, mas fanática. Numa campanha extraordinária, o time conseguira ficar entre os quatro semifinalistas. O primeiro jogo da semifinal terminara empatado em um a um. Mesmo jogando em casa, o time de Airton Carneiro teve grande dificuldade para igualar o marcador, com gol de pênalti de Mauro Carioca, já nos acréscimos. Um pênalti polêmico. O clima logo ficou pesado para o segundo jogo. O discurso no clube derrotado na primeira partida era de que uma armação estava em andamento para impedir o time pequeno, do interior, recém-chegado à Primeira Divisão, de eliminar o time da capital, tricampeão nacional, cheio de torcedores famosos e patrocinadores poderosos.

Quando o time de Airton Carneiro estava fazendo o aquecimento no vestiário, um emissário da direção do clube da casa procurou o diretor Laerte Martins. Apresentou-se como Adonias Fernandes, assessor da presidência do clube. O começo da conversa foi cordial. Em certo ponto, no entanto, o homem (que Laerte Martins nunca vira antes) perguntou:

— Qual é a intenção de vocês para este jogo?

Laerte Martins ficou olhando para o sujeito em silêncio. Depois falou:

— Como assim?

O homem que se apresentou como Adonias Fernandes então disse:

— Olha, acho melhor vocês pensarem bem no que vão fazer. O clima está pesado.

Laerte Martins chegou a duvidar do que acabara de ouvir.

— Isso é um ameaça?

— Não. Só estou tentando evitar um problema grande, talvez até uma tragédia. Quem avisa amigo é.

— Companheiro, isso aqui é uma semifinal de campeonato. Que negócio é esse?

Adonias Fernandes, que era calvo e obeso, afastou o paletó e apontou para o revólver que carregava na cintura.

— Está vendo isto aqui? Se vocês resolverem atrapalhar a gente, vão aparecer uns quinhentos desses antes de o juiz apitar o fim da partida e vocês não vão conseguir nem chegar no vestiário. O aviso está dado. Boa tarde. Passe bem.

Laerte Martins viu o gordo se afastar. Já enfrentara situação semelhante antes, mas estava mais preocupado agora. Sentia que, desta vez, havia perigo real.

Resolveu falar com Airton Carneiro, o experiente treinador que vinha fazendo um bom trabalho no clube. Era certo que permaneceria no comando técnico do time na próxima temporada. Laerte Martins e Airton Carneiro foram para um canto do vestiário. O dirigente contou sobre a conversa que tivera com o tal assessor. Cogitaram a possibilidade de chamar a imprensa e denunciar o que acontecera. O técnico defendeu essa alternativa, mas o dirigente achou que não havia mais tempo para fazer isso; que não tinham provas a apresentar e que, por isso, seriam acusados de tentar criar um fato para tumultuar o ambiente, o que ele, Laerte Martins, já fizera realmente uma vez e até hoje carregava, como conseqüência, a fama de cartola folclórico e — para alguns setores da imprensa — canalha. O treinador sugeriu então que levassem o caso ao representante da Confederação, mas não foram adiante, porque já sabiam o que iriam ouvir, na melhor das hipóteses: que aquilo não passava de ameaça, tentativa de intimidação, e que nada iria acontecer, nada mesmo, que ficassem tranqüilos.

Laerte Martins disse então ao treinador:

— Vamos fazer o seguinte: o empate em zero a zero dá a vaga na decisão a eles. O um a um leva para os pênaltis. Não vamos arriscar ficar de fora, mas também não vamos enfurecer os caras e provocar o azar. Vamos jogar pelo empate de dois a dois para cima. Enquanto não tivermos feito o primeiro gol, vamos jogar tudo, vamos arrebentar. Depois, a gente diminui o ritmo, o empate deles deve acontecer, e aí é buscar o segundo gol, e o empate deles acontece de novo, e então é administrar o resultado, segurar os caras, dois a dois, entendeu? Ou três a três, compreendeu?

O técnico estava perplexo.

— Doutor Laerte, nós não estamos com essa bola toda para mexer no placar na hora e do jeito que quisermos...

— Nosso time é melhor, Carneiro. Você sabe disso. É só forçar um pouco que a gente atropela. O que aconteceu lá no nosso estádio foi um acidente, está na cara, todo mundo sabe.

Airton Carneiro deixou clara a sua dúvida quanto à estratégia do dirigente, mas, no fundo, concordava com ela. Sabia que seu time, se fizesse o que fora acertado no vestiário, podia vencer o jogo sem maiores dificuldades. Todos os jogadores e integrantes da comissão técnica concordaram que o empate da semana anterior fora uma zebra.

— Tudo bem, doutor Laerte. O senhor é quem manda.

Foram para o jogo. O time de Airton Carneiro foi recebido em campo com uma vaia estrondosa e demorada. Os jogadores, em sua maioria, eram experientes, mas mesmo alguns deles sentiram a pressão. O adversário já estava no gramado do modesto e superlotado estádio.

O jogo começou e logo o time de Airton Carneiro deixou evidente sua superioridade. Jogando num esquema com três atacantes (Mauro Carioca, Dico e Paulinho), começou o jogo pressionando o adversário, que tinha muita dificuldade para conseguir ultrapassar a linha divisória. Não foi surpresa para ninguém quando, aos 12 minutos, o time fez um a zero, gol de cabeça de Mauro Carioca depois de um cruzamento perfeito do lateral Ruy.

O time adversário demonstrava que tentaria superar a limitação técnica com raça. Adiantou a marcação, tentou abrir os espaços jogando pelas laterais do campo e, sobretudo, cavou faltas. A equipe tinha um grande cobrador, o armador Afonso, e foi ele quem empatou a partida vinte minutos depois do gol de Mauro Carioca. Bateu com categoria, da risca da meia-lua, uma falta no ângulo do goleiro Ramos.

Depois disso, a marcação, dos dois lados, tornou-se ainda mais feroz. Era raro os times conseguirem trocar mais de três passes. Jaques tentava achar espaço, mas tinha um marcador destacado só para ele: um garoto de vinte anos, louro, magrinho, chamado Lívio. O primeiro tempo terminou empatado. Na boca do túnel dos visitantes, o sujeito que se apresentara como Adonias Fernandes, acompanhado de três sujeitos grandalhões, ficou observando os jogadores e a comissão técnica descerem para o vestiário. Laerte Martins, o último a descer, dirigiu a eles um olhar rápido e calculadamente inexpressivo.

No intervalo, Airton Carneiro falou aos jogadores medindo cada palavra. Disse a eles que o time teria de continuar indo para cima, mas sem se descuidar da defesa. Alertou especialmente para o acerto da marcação sobre o número 10, Afonso, o cérebro do time adversário. Pediu a Jaques que caísse mais pela direita, para tentar as tabelas com Paulinho (o mais habilidoso dos atacantes). Liberou o goleiro Ramos, dono de excelente reposição de bola, para tentar a ligação direta com os homens de frente, mas só quando achasse que valia a pena; nada de rifar a bola.

No retorno ao gramado, a mesma vaia antológica. Muitos jogadores estranharam, porque aquilo raramente acontecia. A vaia na primeira entrada em campo nunca era superada, ou mesmo igualada, pela vaia no retorno para o segundo tempo.

Os times voltaram com a mesma formação e o mesmo espírito. A equipe da capital fez dois a um logo no começo. O volante Vânio, capitão do time, apanhou um rebote e, de voleio, fez um belo gol. A bola entrou no canto inferior esquerdo do ótimo goleiro Miro.

A torcida, num primeiro momento, calou-se. Mas poucos minutos depois recobrou-se do choque e passou a incentivar o time com uma vibração assombrosa. Cantava o tempo todo, aplaudia erros de seus jogadores, gritava o nome de quem fazia uma boa jogada, dava um show. Aos 27 minutos de jogo, a equipe do interior empatou novamente, com um gol de cabeça do quarto-zagueiro Clécio, numa cobrança de escanteio.

O jogo estava dois a dois, placar que levaria o time de Airton Carneiro para a final e, na maneira de ver do diretor Laerte Martins, não deixaria a torcida local tão frustrada a ponto de cometer atos violentos.

Airton Carneiro foi até o limite de sua área técnica (o que raramente fazia, pois preferia acompanhar o jogo sentado, no banco, conversando com o pessoal da comissão técnica e com os jogadores, apontando a eles acertos e erros de seu time) e chamou o capitão Vânio. O jogador se aproximou para ouvir o treinador.

— Vamos segurar esse resultado. Vamos voltar, fechar o meio e só tocar. Diz para o Jaques voltar para ajudar na marcação.

Vânio estranhou aquela orientação. Estava claro que, se o time forçasse um pouco, chegaria à vitória. Mas era um jogador disciplinado, da inteira confiança do técnico, e distribuiu entre os companheiros a ordem de Airton Carneiro.

Laerte Martins olhou para o velho treinador e piscou o olho, em aprovação.

O time da capital recuou visivelmente. As jogadas de ataque começaram a ficar menos freqüentes. O time inteiro diminuíra o ritmo, com exceção de dois jogadores: Jaques e Mauro Carioca. Aparentemente, não haviam entendido a orientação de Vânio. Quando pegava a bola,

Jaques, bom driblador, partia para cima de Lívio e dos outros que apareciam para impedir seus avanços. Em todas as jogadas, Jaques procurava os atacantes, mas só quem se apresentava era Mauro Carioca. Dico e Paulinho tinham recuado a ponto de quase se tornarem volantes.

Airton Carneiro ficou apreensivo. Pensou que os dois pudessem estar fazendo alguma molecagem, mais uma, e considerou rapidamente a hipótese de substituí-los. Concluiu que seria uma atitude suspeita e que, se acontecesse de o time adversário virar o jogo, precisaria desesperadamente do talento e do senso de organização de Jaques e do faro de gol de Mauro Carioca.

Faltando três minutos para o término do tempo regulamentar, Mauro Carioca desempatou a partida. Recebeu um passe rasteiro, preciso, de Jaques e, acossado pelos dois zagueiros adversários, conseguiu encobrir o goleiro Miro, que saíra do gol para tentar evitar o que já sabia que não conseguiria. Três a dois.

O árbitro da partida resolveu dar injustificáveis cinco minutos de acréscimo, mas o time local não tinha mais forças, nem organização, para empatar outra vez.

Antes de o jogo acabar, Airton Carneiro mandou os reservas e o pessoal da comissão técnica para o vestiário. Bill Clinton e Vatapá estavam no alto da escada aguardando os jogadores. Quando viu o árbitro olhar para o cronômetro, chamou Vânio e disse a ele que, assim que o apito soasse, todos deveriam correr para o vestiário.

O árbitro apitou o fim do jogo. Os jogadores de Airton Carneiro correram para o vestiário, atendendo aos gritos de Vânio. Ao perceberem uma aproximação suspeita, Bill Clinton e Vatapá se posicionaram, ombro a ombro, enquanto os jogadores, passando atrás deles, praticamente se jogavam escada abaixo. Já havia torcedores invadindo o gramado e correndo em direção à escada de acesso ao vestiário. A polícia, estranhamente, parecia não entender o risco da situação e apenas cercava o árbitro para protegê-lo, ignorando a equipe visitante.

Todos conseguiram chegar a tempo. Os seguranças entraram por último e trancaram a porta. O roupeiro Jaci descera para o vestiário na metade do segundo tempo e mantivera a porta trancada para garantir que ninguém entrasse antes de terminado o jogo.

Agora estavam ali, acuados no pequeno vestiário, ouvindo os urros da torcida irada vindos lá de fora. O supervisor Henrique Souto já estava com um curativo no rosto, feito pelo médico. Jaques e Mauro Carioca continuavam mudos, de cabeça baixa. Àquela altura, alguns jogadores já olhavam para eles de forma ameaçadora. As orações continuavam.

De repente, o barulho do tumulto lá fora começou a diminuir. O volume dos gritos baixou e as pedras pararam de voar. Ouviu-se a voz de trovão do segurança Bill Clinton:

— Vou abrir a porta. É o comandante do policiamento.

Laerte Martins perguntou:

— Tem certeza?

— Tenho.

— Então abre logo, porra!

O comandante do policiamento entrou e foi recebido por Laerte Martins. Disse que o problema estava controlado e que o ônibus da delegação aguardava no pátio e que eles seriam conduzidos até o veículo pela polícia. Deveriam sair em fila indiana. Depois, o ônibus seria escoltado até a saída da cidade. O dirigente aquiesceu. Os jogadores e integrantes da comissão técnica reuniram seus pertences e se posicionaram para sair. Laerte Martins, que já estava quase saindo, virou-se de repente e ordenou:

— O Jaques e o Mauro Carioca na frente.

Os dois jogadores obedeceram sem questionar.

O pátio era perto do vestiário e a chegada até o ônibus foi relativamente fácil. Airton Carneiro foi atingido por um saco cheio de urina. Laerte Martins levou um tapa na orelha. O lateral Ruy foi chutado na parte de trás da coxa. Bill Clinton e Vatapá, atendendo à orientação do comandante do policiamento, não revidaram nenhuma agressão.

Quando chegaram ao ônibus, o motorista José César, o Ressonância Magnética, os recebeu com gritos para que se apressassem. Todos embarcados, deu partida no motor.

Na saída da cidade, as viaturas da polícia saíram de cena, deixando o ônibus seguir sozinho o seu caminho.

O receio de todos, de que fossem perseguidos ou emboscados na estrada, mostrou-se exagerado. Todos começaram a relaxar e o dirigente Laerte Martins fez o que raramente fazia: beber em público. Tirou de sua bolsa esportiva com o logotipo do patrocinador uma garrafinha de aço inoxidável, destampou-a, deu um longo gole e então passou-a a Airton Carneiro, sentado a seu lado. O treinador não bebia, mas resolveu aceitar um gole.

Foi depois de mais ou menos dez minutos que o som de um atabaque começou a vir lá do fundo do ônibus e então, como sempre, a voz de Mauro Carioca surgiu, cantando um samba de Bezerra da Silva, um de seus ídolos, e, como sempre acontecia, a voz de Jaques acompanhando e depois a de outros jogadores, todo mundo cantando o samba, menos aqueles que, ainda tremendo, rezavam em voz alta, gerando uma insólita competição que a cabeça de Laerte Martins, já devidamente amortecida pelo uísque 12 anos, depois de tantos e tantos anos naquele mundo maluco da bola e dos boleiros, finalmente começava a entender.

Guerra no vestiário

O time estava rachado desde a pré-temporada na serra. De um lado, havia o grupo liderado por Rodrigo Souza, goleiro formado no clube e capitão da equipe. Do outro, a turma de Marino, volante veterano com passagens pela Seleção, contratado no começo do ano. No meio do confronto, o técnico José Pedro Lemos tentava realizar seu trabalho, rezando para que o profissionalismo dos jogadores impedisse que o racha tivesse conseqüências desastrosas. A direção estava ciente da guerra que tomara conta do vestiário. Pairavam no ar ameaças veladas de rescisões de contrato e afastamentos de jogadores do grupo principal. Esses rumores se encorpavam a cada notícia de hostilidades na equipe. O campeonato se aproximava da metade e o desempenho do time, se não era vexatório, estava longe de poder ser considerado condizente com os investimentos feitos no plantel e com a condição do clube de um dos mais importantes e tradicionais do país, objeto da paixão de uma grande e fanática torcida.

A facção liderada pelo goleiro Rodrigo Souza era formada pelos pratas-da-casa. Todos, sem exceção, tinham sido criados no clube. Achavam que a atual direção privilegiava os jogadores vindos de fora — o que era verdade —, dando a eles salários mais altos, prestigiando-os internamente e sempre enaltecendo publicamente sua importância. Esse tratamento reverente logo começou a se refletir no vestiário, na concentração, nos treinos e nos jogos. A opinião dos jogadores feitos na casa ia perdendo importância em ritmo acelerado, independente de qual fosse o assunto: esquema tático, bicho, local de concentração, nada. O técnico, na opinião dos jogadores surgidos no clube, era fraco e submisso. Zé Lemos era, na verdade, um tipo pacífico, que fazia qualquer coisa para não se incomodar. Sabia que, no caso de a situação ameaçar sair do controle, sua demissão seria o remédio mais barato e menos amargo.

Os jogadores que vieram de fora eram, em sua maioria, veteranos com passagem em vários clubes. Alguns atuaram no exterior. Nesse grupo, contudo, apenas dois integrantes eram reconhecidamente talentosos: Marino e o meia-armador Lino Dias. Os outros eram jogadores de qualidade mediana, que jamais chegaram ou chegariam à Seleção — ao contrário de Marino e Lino Dias, que haviam disputado duas Copas. Profissionais rodados, contratados no mesmo período pelo clube, cujo plantel estava sendo reformulado, rapidamente perceberam que enfrentariam a oposição dos jogadores da casa, que estavam começando a crescer e viam os atletas vindos de fora como empecilhos para seu sucesso. Achavam que estes ocupavam o espaço que deveria ser somente deles.

Marino, de início, não quis rivalizar com os rapazes. Tentou se aproximar deles, deixar claro que não tinha intenção de prejudicar ninguém. Quando, porém, constatou que sua boa vontade de nada estava adiantando e que a animosidade só fazia crescer, tratou de se resguardar. Cooptou, um a um, os outros jogadores que, como ele, tinham chegado havia pouco no clube, e cavou sua trincheira.

O maior problema, Marino rapidamente se convencera, tinha nome e sobrenome: Rodrigo Souza. Um ótimo goleiro, sem dúvida. Nas últimas eliminatórias, fora reserva da Seleção, disputando posição, treino a treino, com o titular, o goleiro da última Copa. Rodrigo, Marino tinha certeza disso, logo iria jogar no exterior, ganhar muito dinheiro e assumir o posto de goleiro titular da Seleção, no qual ficaria por muito tempo. Se — Marino ressalvava — o temperamento não atrapalhasse.

Rodrigo Souza estava convicto do acerto de sua maneira de pensar e agir. Se eles, formados no clube, não reagissem e lutassem por seu espaço, acabariam sumindo da vista de todos — torcida, imprensa — e sendo vendidos para clubes sem expressão, que jogavam em estádios pequenos em algum fim de mundo. Os atletas liderados pelo goleiro Rodrigo Souza não estavam dispostos a virar sombra de estrelas decadentes, enganadores em fim de carreira, como eles costumavam chamar os colegas vindos de fora.

Os jogadores das duas facções sequer se falavam. Na concentração, pediam, quando não exigiam, que não fossem obrigados a dividir o quarto com integrantes do grupo rival. O que se via em campo chamava cada vez mais a atenção: a preferência para os passes era dos companheiros de panela; bola para os outros, somente quando não tinha outro jeito. Os autores de gols recebiam apenas o abraço de seus parceiros de facção, enquanto os outros simplesmente voltavam para o seu campo e aguardavam o reinício da partida.

Menos de um mês antes de ocorrer o episódio que viria a ficar conhecido no clube como "o grande confronto", Marino e o atacante Luiz Maurício conversavam na casa do volante, na qual estavam reunidas, para um jantar, as famílias de ambos. Marino e Luiz Maurício haviam jogado juntos em outros dois clubes. Um era o melhor amigo do outro no futebol.

— Aqueles garotos acham que são donos do clube — disse Luiz Maurício, segurando nos dedos da mão direita um dos poucos cigarros que se permitia fumar diariamente.

— Eu até entendo a indignação com os dirigentes. Se você analisar bem, tirando um ou dois, no máximo, os outros são todos safados. Tudo filho-da-puta. O Jaime, meu empresário, disse que os caras estão levando muita grana por fora. Imagina o que esses meninos significam para eles. Não estão ligando para o que os garotos representam para o clube. Daqui a pouco acaba a gestão e aí que se foda o clube.

— Tudo bem, mas o caso é que os garotos estão botando é para cima da gente.

Marino então disse, com voz firme e calma:

— Aí que eles se deram mal. Foi o erro deles.

Dias depois dessa conversa entre Marino e Luiz Maurício, o seguinte diálogo foi travado entre o goleiro Rodrigo Souza e o zagueiro Marcílio, à beira do gramado, depois de um treino coletivo.

— Se essa porra continuar assim, vou embora no fim do ano — disse Marcílio. Tinha 23 anos, 1,92m e uma categoria com a bola nos pés que o colocava na condição oposta do zagueirão grosso.

— Vai nada — disse Rodrigo. — Quem vai embora são esses sanguessugas que só querem saber de aparecer à nossa custa. E se não forem embora por bem, vão por mal. Estou te garantindo isso.

O pai de Rodrigo fora um modesto funcionário do clube. Estava aposentado, mas acompanhava o dia-a-dia da instituição que aprendeu a respeitar e amar ao longo de mais de trinta anos de trabalho e que agora acolhia seu único filho. Seu Adalberto trabalhara o tempo todo no departamento de serviços gerais, que cuidava da limpeza do estádio e da manutenção do gramado, entre outras atribuições. Ele não estava gostando nada da maneira como a direção vinha tratando os garotos e deixava isso muito claro para o filho. Rodrigo, certamente, sentia-se incentivado pelas palavras do pai. Talvez seu Adalberto não estivesse se dando conta da tempestade que vinha ajudando a semear na cabeça do goleiro.

O jogo seguinte foi contra o líder do campeonato, na casa do adversário. Um empate heróico, em zero a zero, fez a auto-estima do time de Rodrigo Souza e Marino subir como nunca antes naquela temporada. No final daquela grande partida, pela primeira vez em meses houve cumprimentos, ainda que discretos, entre os jogadores dos grupos confrontados. Era possível, a quem estivesse mais atento, perceber que o clima começava a melhorar. O técnico Zé Lemos chegou a comentar com seu auxiliar Jurandir e com o preparador físico Heraldo Brites, o Camaquã:

— Acho que as coisas estão entrando nos eixos.

No vôo de volta para casa, o habitual murmúrio de conversas semi-sigilosas foi substituído por bate-papos em voz alta e risadas. Algo estava mudando, e para melhor, concluíram Zé Lemos, Jurandir, Camaquã e o resto da comissão técnica.

Três dias depois, contudo, as opiniões já não eram as mesmas. O clima voltou a ficar ruim quando os jogadores souberam que o lateral Naldo, formado no clube, seria afastado do grupo principal. O motivo alegado pela direção: indisciplina. Rodrigo Souza e seus companheiros não engoliram a justificativa. Naldo era um jogador tranqüilo, jamais se metia em confusão (dentro ou fora do campo). Sujeito caseiro e bem-comportado, sua vida era o futebol e a família.

Rodrigo procurou, primeiramente, o supervisor Antonio Lourenço, que não quis comentar o assunto. Lourenço era um homem cansado do futebol e, ao que parecia, da vida, e dava mostras freqüentes de não mais ter condições de exercer sua função. No passado, tratava os jogadores como filhos, e era tratado por eles como pai. Hoje, comportava-se como um capataz ineficiente.

— Não estou sabendo de nada, Rodrigo. Vai falar com o Vilson Rodrigues. Foi ele quem decidiu pela punição.

Vilson Rodrigues era o diretor de futebol. Um dos sujeitos de quem Rodrigo menos gostava na atual gestão. Resolveu ir à sala dele, no segundo andar do estádio. Era a segunda vez que Rodrigo ia à sala do diretor. Foi recebido pela secretária Ana Lúcia, que pediu a ele que aguardasse um pouco enquanto ia verificar se o chefe podia recebê-lo naquele momento. Voltou em menos de dois minutos.

— O doutor Vilson não vai poder receber você agora. Ele disse que depois te chama.

Rodrigo sentiu o sangue subir à cabeça na hora. A tensão acumulada ao longo de meses tornou-se de repente forte demais para ser contida. Partiu decidido para a sala do diretor. Abriu a porta e irrompeu. Vilson Rodrigues estava fumando um cigarro, recostado à sua poltrona de espaldar, olhando pela ampla janela que dava para a avenida em frente ao estádio. Teve um sobressalto.

— O que é você quer, Rodrigo? Não entendeu o recado da Ana Lúcia?

— Entendi. E entendi também que você está de sacanagem comigo.

— Rapaz, baixa a bola, que você vai acabar se prejudicando...

— Só quero saber o que aconteceu com o Naldo.

O dirigente ficou olhando para o jogador, em silêncio. Apagou o cigarro no cinzeiro de cristal ao lado do aparelho de telefone e se levantou.

— Rodrigo, tem coisas no futebol que você ainda não entende.

O goleiro se manteve calado.

— A disciplina é uma coisa fundamental num clube de futebol. Não só no futebol, claro, mas você é jogador, sabe bem como é isso, boleiro tem de respeitar o dirigente, tem de respeitar o clube, senão a coisa vira uma terra de ninguém.

— O que foi que o Naldo fez?

O dirigente respirou fundo, demonstrando toda a sua impaciência, e disse:

— Acontece que o Naldo andou falando umas coisas contra o presidente, teve gente que ouviu e contou, e aí não teve jeito.

— O Naldo não é disso.

— Mas falou.

— Como é que você pode ter certeza? Pode ter sido sacanagem de alguém, fofoca.

— Se foi ou não foi, agora não importa mais. O Naldo está fora.

— Se fosse com os caras que vieram de fora seria diferente.

— Pára com essa história, Rodrigo. Ninguém agüenta mais esse papo...

Rodrigo então teve um flash.

— Foi por causa daquela entrevista, não foi?

— Que entrevista?

— Aquela entrevista no rádio. O Naldinho disse que os jogadores formados aqui é que vão garantir o futuro do clube.

— Você está maluco, Rodrigo. Da onde é que você tirou isso?

— Vocês armaram para cima do Naldo.

— Rodrigo, baixa a bola, rapaz. Você não sabe o que está dizendo.

— Quem vai ser o próximo? Eu, o Marcílio, o Álvaro, o Gerônimo?

O diretor perdeu o controle. Aos berros, disse:

— O próximo vai ser qualquer um que não se comportar direito, porra! Precisa ter disciplina, caralho! Essa tua gurizada tem de aprender isso. Ou aprende ou se arranca! Vocês não são donos disso aqui!

— Vocês vão foder este clube!

— Sai daqui, Rodrigo. Vai embora, some da minha sala. Depois eu vou pensar no que é que vou fazer contigo! Sai daqui, desaparece!

O goleiro teve de se controlar muito para dominar o ímpeto de partir para a agressão física. Transtornado, saiu da sala e dirigiu-se a passos largos para o vestiário. Passou pelo segurança Edu, velho camarada desde os tempos do infanto-juvenil, e entrou. Edu ficou preocupado por causa do semblante de Rodrigo, mas não foi atrás dele. Ficou em seu posto, cuidando da entrada e da saída de pessoas no vestiário.

Rodrigo já entrou aos gritos:

— A sacanagem está solta! É o seguinte: santo de casa só se fode. Quem não tiver vindo de fora para sugar a grana do clube e enganar a torcida, fica esperto. Aqui só tem moral quem veio de fora para tirar uma casca!

Luiz Maurício se livrou do agarrão que Marino lhe dera no braço e começou a caminhar em direção a Rodrigo. Aldo, lateral veterano, foi atrás.

— O que é você está dizendo aí, rapaz?

— Vai te foder, não te devo explicação, seu safado!

Luiz Maurício e Aldo avançaram para cima de Rodrigo, Marcílio chegou para ajudar o goleiro, em seguida vieram Álvaro, Gerônimo, Lino Dias, Marino, Jales, Lauro, Randolfo, Deca, Cecílio, Miguel, Freitas, Anderson, todos os jogadores. O vestiário virou um campo de batalha. Socos e pontapés eram desferidos nos quatro cantos, cabides de madeira eram arrancados da parede e transformados em armas, armários foram derrubados, cadeiras e bancos voavam. A pancadaria aumentou quando os jogadores que já estavam no gramado, aguardando o início do treino, voltaram para o vestiário ao ouvir a gritaria. Edu e os outros seguranças levaram minutos que pareceram horas para separar os grupos, botar fim no quebra-quebra e controlar o ambiente.

Havia sangue nos rostos, havia gente caída segurando o joelho, o ombro ou a cabeça machucados, havia quem ainda segurasse um pedaço de pau, ferro ou cano arranjado sabe-se lá onde. O velho treinador Zé Lemos, que nunca presenciara uma cena como aquela, decidiu, ali mesmo, que logo encerraria a carreira; já não tinha mais idade para aquele tipo de coisa. O auxiliar Jurandir, ciente de que o chefe tinha problemas de pressão, tentava acalmá-lo. O médico João Ataíde, o massagista Januário e o roupeiro Hélio tentavam socorrer os feridos. Edu e seus colegas seguranças iam mandando para casa os que não estavam seriamente machucados.

Duas horas depois do ensandecido ingresso do goleiro Rodrigo Souza no vestiário, o local estava vazio. Os vestígios da guerra, porém, permaneciam: cadeiras, bancos e armários espatifados, sangue no chão e nas paredes, cabides e pias arrancados de seu lugar. Zé Lemos foi chamado à sala de Vilson Rodrigues para fazer seu relato. Levou Jurandir e João Ataíde junto. Não queria ser injusto com ninguém.

No dia seguinte, a direção convocou uma entrevista coletiva para anunciar que oito jogadores do grupo profissional (nove com Naldo) teriam seus contratos rescindidos. A informação gerou um alvoroço inédito no meio esportivo da cidade.

Dos jogadores mandados embora, seis (sete com Naldo) haviam sido formados no clube, entre eles o goleiro e capitão do time, Rodrigo Souza, o nome cuja presença na lista de dispensas causou maior impacto.

Com Marino como novo capitão e o veterano goleiro Tito vestindo a camisa número 1, o time chegou à última rodada em 12º lugar na tabela, colocação medíocre para um clube que tinha aspirações de ficar entre os quatro primeiros.

Terminado o campeonato, foi anunciada uma nova reformulação no elenco. Apenas um pequeno grupo de nove jogadores permaneceria. A comissão técnica também seria substituída.

Dos nove jogadores que ficariam para a temporada seguinte, apenas dois haviam sido formados no clube. O restante da equipe, segundo a direção, seria composta de profissionais que viriam de fora, experientes, qualificados e que demonstrassem condições de rapidamente integrar-se à filosofia do clube, identificar-se com seus princípios e imbuir-se de seu espírito, como se tivessem sido formados ali, como se fossem pratas-da-casa.

Cartas

(Carta 1)

Pai,

Como está o senhor, tudo bem? E a mãe? E a Belzinha?

Por aqui vamos levando do jeito que dá. O senhor está acompanhando o nosso time e sabe das nossas dificuldades. Acho que vai dar para escapar do rebaixamento. É o que eu espero. Mas não está fácil. Só tem mais cinco rodadas pela frente e vai ser preciso fazer sete pontos para garantir, um aproveitamento de quase cinqüenta por cento. Muitos aqui estão bem nervosos, achando que não vai dar para fugir da degola. Uns companheiros meus já estão tratando de transferências. Ninguém assume, claro, mas eu sei de vários jogadores que estão procurando time. A imprensa da cidade está dizendo que é melhor já ir pensando em disputar a Segundona no ano que vem, que o negócio é armar um time competitivo e tentar voltar logo para a Primeira Divisão. Bom, o senhor me conhece, pai: eu não sou de entregar os pontos antes da hora, não jogo a toalha. Acredito até o fim. Foi o senhor que me ensinou isso. Nunca me dou por vencido. Acho que é por isso que o nosso treinador, o professor Geraldo, me botou de capitão do time e sempre me chama para conversar nas concentrações. A impressão que eu tenho é de que ele está se sentindo sozinho e desrespeitado. Ouvi dizer que os dirigentes do clube nem o cumprimentam, viram a cara, fingem que não estão vendo quando passam por ele. O professor Geraldo é um cara bom, pai. O senhor o conhece, eu sei. Vocês chegaram a jogar juntos, né? Mas foi por pouco tempo, eu sei. Ele me disse que vocês se entendiam bem. Mandou um abraço para o senhor, falando nisso.

Eu queria falar de outros assuntos, contar que estou indo bem na faculdade e que a Mirela está pensando em voltar a estudar, mas eu não consigo, pai. O senhor sabe que eu não gosto de perder. Esse negócio de ameaça de rebaixamento está me dando nos nervos. O nosso time é fraco. A gente sempre fica esperando que o Ismael tire um coelho da cartola, como diz o professor Geraldo. Mas o Ismael ainda é muito novo, tem muito o que aprender, de repente o marcador pega a manha dele e ele some do jogo. O rapaz é bom de bola, é esforçado, mas ainda falta aquela malandragem de se fazer de morto durante um tempo e então dar o bote quando o marcador relaxar demais e dormir no ponto. Mas tudo bem. O senhor mesmo me disse uma vez que um time não pode depender de um só jogador.

Pai, continue torcendo aí pela gente. Eu quero lhe dar a alegria de, pelo menos, o nosso time não ser rebaixado. Mande um beijo grande, meu e da Mirela, para a mãe e a Belzinha.

Um abraço,

José Carlos

(Carta 2)

Pai,

Tudo bem com o senhor? Tudo bem com a mãe e com a Belzinha?

Queria lhe agradecer pelo apoio e pelos conselhos. Vou tentar manter a calma, pode ficar tranqüilo. Sei que o senhor se preocupa com isso, mas pode ter certeza que vou manter a cabeça no lugar.

O problema, pai, é que, sinceramente, estou começando a achar que a coisa está ficando difícil. Difícil mesmo. Como o senhor viu, perdemos o nosso último jogo. Tínhamos vencido as duas partidas anteriores e isso deu uma animada no pessoal. Teríamos que fazer só mais um ponto em três jogos, mas aí foi (*Palavras riscadas aqui; possivelmente "aquela merda".*) aquilo que o senhor viu. O Ismael sumiu do jogo logo no início, amarrado na marcação, não abria espaço para os outros... O professor Geraldo estava mudo, sentado no banco, de cabeça baixa. Agora temos que conseguir um ponto nos dois últimos jogos. É o tipo do negócio: é totalmente possível, mas pode muito bem não acontecer. Um empate em duas partidas. O problema maior, o senhor sabe, é que, na última rodada, vamos enfrentar um time que tem grandes chances de ganhar o campeonato, na casa dele, e os caras vão vir com tudo para cima da gente, claro, porque se o líder der bobeira, eles papam. Que situação!

Pai, eu queria muito estar aí, para a gente conversar, cada um numa cadeira na varanda, olhando para o céu estrelado e ouvindo o vento bater nas árvores e sentindo o cheirinho da comida da mãe. Mas o que é que se há de fazer? Não dá para ter tudo o que se quer.

Um abraço do seu filho,

José Carlos

(Carta 3)

Pai,

Agora eu acho que a vaca está indo para o brejo. Não consigo entender como é que a gente foi perder aquele jogo! Estávamos com o pontinho do empate na mão e os caras fazem aquele gol nos acréscimos do segundo tempo. Foi de lascar, pai. Teve gente chorando no vestiário.

Deus nos ajude na próxima rodada. Vai ser difícil arrancar um empate. Pai, falando sinceramente, não sei se vai dar. Acho que eu não estou acreditando mais. Eu vou lutar, o senhor sabe disso. Vou lutar até o fim. Uns companheiros meus foram ameaçados de morte, o Edson, nosso goleiro, o Jocélio, zagueiro, e mais uns dois ou três. A gente nunca sabe quando é ameaça séria e quando é só conversa, mas o senhor sabe que, na dúvida, é melhor acreditar que é sério. A nossa torcida não é moleza mesmo, todo mundo sabe.

Para completar, o Ismael apareceu com uma lesão estranha, os médicos não sabem dizer o que é, não apareceu nada nos exames... Tem gente dizendo que o garoto está (*Palavras riscadas aqui: possivelmente "cagando no pau"*) amarelando. O seu Geraldo diz que confia em mim para segurar a pressão e comandar o time em campo. Mas o que é que eu posso fazer, pai? Sou só o volante. Eu disse isso para ele. Aí ele me falou: "O Obdúlio também era." Não sei de quem ele estava falando. O senhor conhece esse tal Obdúlio, pai? Falei para ele que não sou armador, não sou artilheiro, sou só um operário do futebol, como a imprensa diz. Aí ele disse: "O Obdúlio, o Obdúlio", depois virou as costas e foi embora. O seu Geraldo tem andado esquisito (*Palavras riscadas aqui: possivelmente "pra caralho"*) demais. Chega para os treinos com cara de anteontem, na concentração está sempre fora do ar, falando sozinho, rindo do nada. Sei lá, pai. Não sei o que sou capaz de fazer se nesse último jogo a gente começar a tomar gol em cima de gol. Não sei mesmo, pai. O senhor sabe que eu sou calmo, mas só até ficar nervoso. Desculpe-me, pai, eu já estou falando besteira. É claro que a pessoa só fica calma até começar a ficar nervosa, mas o senhor está entendendo o que eu quero dizer... (*Palavras riscadas a seguir; possivelmente "Porra, pai..."*) Pai, Deus queira que a gente consiga pelo menos o empate, porque, senão, eu sou capaz de perder a cabeça...

Obs.: As cartas anexas foram escritas pelo jogador José Carlos Pacheco Marques (o acusado) e enviadas a seu pai, o ex-jogador Heitor Marques Filho, nas semanas que antecederam os crimes que vitimaram fatalmente o jogador Ismael Rocha de Lima, de 18 anos, e o técnico de futebol Geraldo Antônio Bertoni, de 53 anos, ocorridos no vestiário do Estádio Senador Vital Fonseca logo após o encerramento da partida envolvendo o time dos três anteriormente citados pela última rodada do campeonato nacional, na qual o time dos citados foi derrotado pelo placar de quatro a um e rebaixado para a Segunda Divisão.

O gandula

O gandula se chamava Zé Maria e não agüentava mais ver seu time dar vexame. Era filho de seu Nestor, chefe dos porteiros do estádio municipal e detentor de profundos conhecimentos sobre futebol, em geral subestimados.

Zé Maria tinha 22 anos e sabia que o prazo para realizar seu grande sonho, tornar-se jogador de futebol, tinha terminado. Ele bem que tentou. Jogou na escolinha do clube, onde só podiam ingressar filhos de sócios. Seu Nestor, como funcionário, tinha lá seus direitos e seus bons contatos, e conseguiu colocar o filho para jogar. Mas Zé Maria nunca demonstrou jeito para a coisa. Alto e forte para a idade, jogou primeiramente como zagueiro e depois como centroavante. Não deu certo em nenhuma das posições. Tinha cintura dura, era lento, cansava logo e seu pavor doentio de cabecear fazia de sua boa estatura algo bem próximo do inútil.

No final de seu primeiro e único ano na escolinha, Zé Maria estava jogando de lateral-esquerdo e fazendo a alegria de todos os atacantes adversários que gostavam de jogar pelo lado direito. Seu Nestor assistia àquilo com um misto de pena e desprezo. "O Zé Maria é um perna-de-pau", repetia para si mesmo, amargurado. Seu Nestor sabia que seu próprio pai devia ter pensado esse mesmo tipo de coisa quando o via jogar no campinho ao lado da estação ferroviária, muito tempo atrás. O pai de seu Nestor, Francisco, este sim jogava o fino, segundo diziam. Mas isso num tempo em que jogar futebol não era profissão. Francisco terminou seus dias como funcionário aposentado de cartório.

O fato é que Zé Maria agora era gandula e muito se orgulhava disso. Sabia que nenhum jogo de futebol podia ser disputado sem a participação dos gandulas. Fosse no Bento Freitas, na Bombonera, no Maracanã ou no Santiago Bernabeu, lá teriam de estar os gandulas para garantir que, afinal de contas, o centro de todas as atenções num jogo de futebol — a bola — estivesse sempre em campo.

Zé Maria ganhava pouco e era funcionário de um departamento desprestigiado na federação, mas em dia de jogo sentia-se para lá de importante. Quando vestia seu abrigo esportivo cinza e azul e calçava tênis preto, sentia a auto-estima subir com a velocidade de uma bola chutada por um zagueiro grosso do interior.

Morava com o pai, com a mãe, Marilda, e com os irmãos mais novos Adão e Rudinéia. Contribuía com uma parte de seu salário para o pagamento das despesas da casa. Estava pensando em voltar a estudar: tinha terminado o supletivo de segundo grau havia três anos. Talvez tentasse o vestibular para Educação Física. Quem sabe, um dia, virasse preparador físico... E ainda havia Mariângela, a namorada carinhosa e bem bonitinha. Os dois se conheciam desde sempre: nasceram na mesma vila do bairro pobre, no mesmo ano.

A vida de Zé Maria, enfim, corria sem problemas com exceção de um: a campanha de seu time no Campeonato Nacional. Faltando quatro rodadas para o fim da competição, o time estava em penúltimo lugar e, se nada fosse feito para mudar a situação, o rebaixamento seria certo. Quatro clubes desceriam para a Segunda Divisão naquele ano.

O clube do coração de Zé Maria jamais figurara na elite do futebol nacional, mas estava naquele segundo escalão no qual a preservação da honra era o troféu. Mas o troféu estava em risco. A campanha do time no campeonato era a pior desde que tinha subido para a Primeira Divisão, havia sete anos. Os jogadores eram, em sua quase totalidade, limitados tecnicamente, e a equipe jamais conseguiu um nível sequer razoável de entrosamento. O técnico, Ariosto Campos, bastante contestado por setores da torcida e da imprensa, fazia o possível.

Apesar de nunca ter feito nada digno de aplauso com a bola nos pés, embora sempre tenha sido um menino ruim de doer num campo de futebol, Zé Maria desenvolveu conhecimentos amplos, observando as partidas e ouvindo seu pai. É claro que a expertise de Zé Maria teria o mesmo destino da do pai, Nestor: ser subestimada. Mesmo ela tendo sido fundamental para a salvação de seu clube amado em um momento dramático.

As três rodadas que antecederam a de encerramento do campeonato tinham sido catastróficas para o time de Zé Maria: uma derrota e dois empates. Só a vitória no último jogo salvaria o time do descenso, independentemente de resultados paralelos. Com um empate, haveria necessidade de uma improvável combinação de placares. A derrota significaria degola na certa.

O clima na semana entre o penúltimo e o último jogos era o pior possível. Medo e incerteza davam o tom. O time se viu sozinho, mais do que nunca. Nas últimas rodadas, com a sucessão de resultados que enterraram ainda mais o clube, os dirigentes sumiram. A imprensa não dava folga: buscava explicações para o fracasso naquela temporada e, às vezes, essa procura por esclarecimentos virava uma caça às bruxas. Sobravam os torcedores, divididos entre os que, humilhados e revoltados, vaiavam o time até nos treinamentos e os que, esperançosos, se recusavam a jogar a toalha.

Para piorar as coisas, o último jogo seria contra o líder do campeonato, que precisava da vitória para garantir o título. O segundo colocado tinha o mesmo número de pontos; estava atrás apenas pelo saldo de gols.

Com o estádio lotado, uma atmosfera de guerra ia tomando conta de tudo conforme se aproximava o início do jogo. Havia faixas com hostilidades dirigidas à então direção do clube, as mais sutis exigindo a renúncia do presidente.

O time entrou em campo sob uma mescla de vaias e aplausos, foguetório e batucada. Zé Maria estava sentado sobre uma das bolas do jogo, ao lado do campo, bem perto da linha divisória. Ele preferia correr pelos lados do campo do que ficar atrás do gol e, como um dos gandulas mais velhos, conseguia fazer valer seu desejo. Zé Maria não gostava de ter de buscar a bola o tempo todo no fosso que separava a geral do gramado. Mas o principal era que, ao lado do campo, ficava mais perto do jogo, dos atletas, do banco de reservas. Ali, estava quase dentro do campo. Ali, estava quase jogando.

O time adversário entrou em campo e um frio subiu e desceu pela espinha de Zé Maria. Era um timaço, com seis jogadores da Seleção. Do goleiro ao segundo atacante eram todos jogadores de primeira linha.

Mal o árbitro apitara o início do jogo, Zé Maria percebeu que seu time seria atacado pelo lado esquerdo da defesa. Giba, o lateral-esquerdo, era uma daquelas promessas que nunca vingaram: ainda era relativamente jovem, tinha 24 anos, um bom domínio de bola, mas era driblado facilmente, errava muitos passes e sua velocidade deixava muito a desejar. O time adversário, em menos de dez minutos de jogo, já havia colocado o lateral em situação difícil três vezes. Em uma delas, o gol só não saiu porque o goleiro, Oliva, tinha feito um milagre.

Zé Maria, correndo para lá e para cá com uma bola nas mãos, convenceu-se de que era preciso colocar o primeiro volante, Chico, na cobertura de Giba. Chico era um cão-de-guarda. Zé Maria olhou para o banco e não viu um movimento sequer do técnico Ariosto, nem um gesto, um grito para Giba com as mãos em concha, nada.

O adversário continuava a apostar pesado na fragilidade do lateral-esquerdo. Então Zé Maria não agüentou mais assistir àquilo. Tinha de fazer alguma coisa. Se o bosta do Ariosto não fazia, ele tinha de fazer. Pulou para trás das placas de publicidade, correu no sentido oposto ao da bola naquele momento do jogo, pulou de volta as placas e aproximou-se do segundo atacante, Edu, que jogava pelo lado esquerdo do ataque.

— Edu, Edu!

O jogador olhou em direção ao local de onde vinham os gritos.

— O que é, porra?

— Diz pro Chico ficar só na cobertura do Giba. Só aqui na esquerda. Diz pro Chico esquecer o lado direito, que lá tá tudo bem!

A bola veio de repente para a zona do campo onde estava Edu. Ele participou do lance dominando-a e recuando para o meia Rocha, que tentou, sem sucesso, um lançamento longo. A bola acabou saindo pela linha de fundo. Logo depois disso, Zé Maria, que já pulara de volta para trás das placas de publicidade, viu Edu chegar perto de Chico e falar alguma coisa para ele. Chico balançou a cabeça e imediatamente começou a trotar em direção a Giba. O time adversário ainda tentou, por duas vezes, envolver o lateral Giba em suas artimanhas, mas não conseguiu. Giba, sentindo-se mais seguro, começou a jogar melhor. Chico, por sua vez, era um mestre da cobertura. Estava sempre no lugar certo, na hora certa; não perdia um lance. O lado direito da defesa estava seguro, pensou Zé Maria: o lateral-direito, Breno, marcava muito bem, embora fosse medíocre no apoio.

O primeiro tempo terminou zero a zero, o mesmo tendo ocorrido na partida envolvendo o vice-líder do campeonato.

Assim que o árbitro encerrou o primeiro tempo, enquanto os outros gandulas se reuniam para bater bola atrás dos gols, Zé Maria correu para o túnel que levava aos vestiários do time da casa e desceu uma pequena escadaria lateral que conduzia à porta dos fundos do departamento médico, contíguo ao vestiário principal. Dali, com um pouco de sorte, ele conseguiria ouvir pelo menos alguns trechos da conversa de Ariosto com os jogadores.

— Ô Rocha, ô Edu, vocês têm de jogar mais perto um do outro, pô! Felício, você tem de ficar na área. Deixa que o Edu busca o jogo e tenta preparar para você, entendeu?

Zé Maria pensou: "Esse Ariosto é um merda mesmo. Tinha de encostar o César no Felício lá pela direita. Aí ficavam o Edu e o Rocha de um lado e o Felício e o César do outro. E o Cacau distribuindo bola para o Rocha e para o César..."

Depois de algumas palavras que Zé Maria não conseguiu entender, Ariosto disse:

— Vamos lá, é tudo ou nada, é matar ou morrer. Eles vêm com tudo no segundo tempo. Temos de segurar os caras e fazer o nosso, e aí todo mundo vai ter um fim de ano feliz, certo?

Entre os gritos da torcida, os foguetes, o hino do clube tocando no sistema de alto-falante, Zé Maria, com o ouvido colado à portinha, percebeu que Ariosto vinha caminhando em sua direção, conversando com outro jogador. Era Chico, o primeiro volante. Ariosto e Chico estavam bem próximos da porta do outro lado da qual um Zé Maria com cara de assombrado escutava com uma atenção sem precedentes em sua vida:

— Chico, que beleza de cobertura você está fazendo. Valeu. O menino, o Giba, sabe como é... Precisa de alguém junto com ele. Depois que você chegou junto do Giba, eles pararam de fazer festa por ali, você viu... Continua fazendo isso, certo?

Zé Maria subiu as escadas balançando a cabeça de um lado para o outro, xingando Ariosto em pensamento.

Os primeiros minutos do segundo tempo foram marcados pelo nervosismo de ambos os lados, com muitos erros de passe e faltas violentas. O técnico Marcos Garcia, que já treinara a seleção, tirou um de seus três zagueiros, colou mais um atacante e mudou o sistema tático, de três-cinco-dois para quatro-três-três, uma alteração radical. Queria atacar mais.

O time de Zé Maria marcava bem e conseguia, heroicamente, anular o ataque adversário. Com a posse da bola, César e Rocha tentavam municiar Felício e Edu. O time entrara em campo com uma formação ofensiva devido às suas necessidades. Raramente Ariosto escalava César e Rocha juntos; era um ou outro. Mas faltava alguém para fazer a bola chegar aos dois armadores. Até então, quem se encarregara daquilo era Oliva, o goleiro, em tentativas de ligação direta.

A cada erro do time, Zé Maria olhava para Cacau, o segundo volante, camisa oito, que não era um craque, mas, além de uma raça impressionante, tinha bom passe. Dificilmente as bolas que saíam de seus pés iam parar com os adversários. Zé Maria olhava para Cacau e pensava: "Tinha de usar mais o Cacau, puta que pariu." E completava com seu bordão: "Esse Ariosto é um merda mesmo."

Foi num desses momentos de impaciência e revolta que Zé Maria, então acompanhando as jogadas do lado direito do time, enfiou-se entre as pessoas que estavam na beira do gramado, procurou com os olhos algum jogador que estivesse mais distante do tumulto e viu o zagueiro Paulo César, caminhando com uma das mãos na cintura. Zé Maria chegou perto de Paulo César.

— Paulo César! Ô, Paulo César!

— O que é, caralho?

— O Ariosto mandou o Cacau deixar a marcação na frente da área só com o Chico, entendeu? Pra liberar o Cacau. O Cacau tem de encostar no Rocha e no César!

— Porra, o Ariosto tá maluco? Só um na frente da área?

— Não! Bota o Giba junto com Geraldo na área e você avança para ajudar o Chico. Eles não estão vindo mais pela esquerda mesmo!

— Tá bom, tá bom, entendi.

Com o lateral Giba fechando na zaga para jogar com o quarto-zagueiro Geraldo, e Paulo César encostado em Chico, Cacau conseguiu se liberar e então o time começou de fato a jogar futebol. Bom futebol.

Cacau não parava de alimentar César e Rocha. Os armadores, por sua vez, se aproximaram um do outro — o que não haviam feito até então — e, de repente, sem que ninguém esperasse, deixavam Edu e Felício em condições de concluir a gol.

A marcação adversária era competente, mas o time não entrara em campo para marcar. Era candidato ao título, jogaria contra um sério candidato ao rebaixamento. Seus jogadores não sabiam como enfrentar aquela surpresa.

Em uma das várias tentativas de articulação ofensiva, aconteceu o gol do time do coração de Zé Maria. César recebeu na direita uma bola de Cacau. Avançou, driblou um adversário e viu Edu se metendo lá pela esquerda. Ainda na intermediária, fez um passe de perna esquerda, que encontrou o peito de Edu na altura da meia-lua. Edu deixou a bola quicar uma vez e, quando um zagueiro já estava agarrando-lhe a camisa, emendou um foguete que entraria para a história do clube. A bola bateu no travessão antes de entrar bem perto do ângulo direito do goleiro. Um golaço.

O jogo foi reiniciado com o time adversário vindo todo para cima. Uma pressão infernal. Chico, os zagueiros Paulo César e Geraldo, os laterais Breno e Giba e o goleiro Oliva se transformaram em guerreiros que lutavam pela própria sobrevivência. Cacau, Rocha, César e Felício formavam uma primeira linha defensiva. Lá na frente, só Edu, e assim mesmo dando o primeiro combate encarniçado a partir da intermediária do inimigo.

Faltando menos de dez minutos para acabar o jogo, o placar eletrônico informou que o vice-líder estava empatando em zero a zero. Seria campeão com esse resultado. A batalha então tornou-se ainda mais dramática. O árbitro João Pinheiro de Andrade expulsou um jogador: o volante Sérgio Duarte, da Seleção, que, descontrolado diante da situação, deu um carrinho por trás, sem bola, em César. Ariosto substituiu César, que não conseguia mais sequer caminhar, pelo volante Daniel, para reforçar o sistema defensivo e segurar o jogo. Zé Maria concordou com a troca.

Quando o árbitro fez soar o apito e apontou para o centro do gramado, os jogadores do time do coração do gandula Zé Maria abraçavam-se e choravam, os repórteres invadiram o campo, a torcida cantava o hino do clube na arquibancada e os jogadores do time que entrara em campo virtualmente campeão permaneciam sentados no gramado, sem acreditar no que havia acabado de acontecer.

Enquanto tudo isso se dava, Zé Maria caminhava em direção ao pequeno e precário vestiário dos gandulas, quicando uma das bolas do jogo.

"Esta aqui eu vou guardar", ele pensou, com um sorriso no rosto.

No último degrau da arquibancada destinada aos sócios do clube, no anel inferior do estádio, seu Nestor assistia a tudo com uma emoção que lhe era, àquela altura da vida, algo com o que não estava mais acostumado a lidar.

E ficou pensando no que teria dito Zé Maria aos jogadores naquelas duas ocasiões em que se aproximou do gramado. Nestor sabia que o técnico Ariosto não usava os gandulas para transmitir instruções.

Ele ainda teve tempo de ver Zé Maria entrando no vestiário, de cabeça baixa, com seu andar meio de malandro, meio de criança desajeitada.

O guardião

O rapaz esquálido e o velho com cara de buldogue estavam sentados nos degraus da pequena escada de tijolos de cerâmica que levava à varanda da casa. Havia muito tempo que não se encontravam.

— Nilo, você sabe que meu pai nunca comentou esse assunto lá em casa. Eu preciso saber o que aconteceu, de verdade. Me ajuda. Você era o melhor amigo dele. Vocês dois não se desgrudavam.

O velho passou a mão na cabeça, bebeu um gole do café que esfriava no copo e secou a boca com as costas da mão.

— O que eu sei, Ricardinho, é o que já te falei nas outras vezes: ele estava gripado e tomou remédio sem o conhecimento do médico.

O pai de Ricardinho se chamava José Carlos Pinheiro. Seu apelido, desde os tempos de amador, e pelo qual ficou conhecido por todos no mundo do futebol, era Valença, nome da cidade onde nascera, no interior do Rio de Janeiro. Valença era centromédio, posição assim chamada antes do tempo dos volantes. Negro, alto, esguio, passadas largas, cabeça sempre levantada, dificilmente errava um passe ou fazia falta ao desarmar o adversário, mas marcou poucos gols na carreira, porque, naquele tempo, os jogadores da sua posição não iam para o ataque; na linha divisória do gramado, no máximo ali, entregavam a bola para os meias ou para os atacantes que voltavam para buscar jogo.

— Aquilo acabou com ele, Nilo. Acabou com ele e com a minha família.

Os dois ficaram em silêncio.

— Foi difícil para ele, muito difícil. O pessoal da imprensa não aliviou. Tinha foto dele na capa de tudo que era jornal. Só se falava nele nos programas de rádio. Dali em diante a carreira dele só fez cair. Ele entrou em guerra com o mundo. Sua mãe... Desculpe-me, melhor não falar nela...

— Pode falar, Nilo, pode dizer o que você está pensando.

— Sua mãe sofreu um bocado naquele tempo. Seu pai brigou com todo mundo no clube, deixou de falar com o pessoal aqui do morro, começou a pegar pesado na cachaça, e descontava em cima da sua mãe, que Deus a tenha, porque foi uma santa. Seu pai também era um homem bom, muito bom. Mas se perdeu depois daquela história.

— E como é que foi a vida deles até o acidente?

— Eu já te contei o que sei. O acidente aconteceu mais ou menos dois anos depois de ele ter parado com a bola. Foi um tempo ruim para eles. Seu pai não tinha dinheiro para nada, estava cheio de dívidas, bebendo tudo o que via pela frente. Então aconteceu...

Valença e sua mulher, Maria Beatriz, tinham morrido num acidente automobilístico, quando voltavam da cidade natal dele para o Rio. Numa tentativa de ultrapassagem, o Opala de Valença colidiu de frente com uma carreta. Ele e a mulher morreram na hora.

— E o seu irmão, como está? — Nilo perguntou, tentando mudar de assunto.

— Está bem. Entrou na faculdade no começo do ano. Está estudando História. Quer ser professor.

— Que beleza. Aquele menino vale ouro.

— O Régis sempre teve a cabeça no lugar.

— Os seus tios deram um ótima educação para vocês. Como é o nome dele, do tio, irmão da sua mãe?

— Jonas.

Ficaram em silêncio. Ricardinho terminou de beber a limonada que Diná, mulher de Nilo, servira.

— Você não vai me contar, não é?

— Não tenho nada para te contar que eu já não tenha contado.

— Você prometeu a ele, não foi? Prometeu que nunca ia falar para ninguém.

— Não teve nada disso, garoto. De onde é que você tirou um negócio desse?

— Ele se dopou porque quis, não foi, Nilo? Sabia o que estava fazendo.

— Já falei para você, garoto. Ele estava gripado, se sentindo mal, precisava jogar de qualquer jeito, não tinha como ele ficar de fora daquele jogo, tomou o tal remédio sem os médicos saberem e deu no que deu.

— Isso foi o que disseram lá no clube, Nilo. Mas era mentira! Ele não estava gripado coisa nenhuma. Meu pai era forte como um cavalo, nunca ficava doente, nunca teve nem dor de cabeça, nunca foi para um hospital na vida dele.

— Se você tem tanta certeza de que ele fez porque quis, por que está aqui me fazendo essas perguntas de novo, garoto?

— Ele era forte como um cavalo, Nilo.

— Então, se ele era forte que nem um cavalo, por que ele iria se dopar?

O silêncio se fez entre eles mais um vez.

— Não sei. Alguém pode ter dado o conselho errado, o jogo era importante, ele estava para ser convocado para a Seleção... Não sei.

— Meu filho, deixa eu te dizer uma coisa, mais uma vez. E vê se guarda isso com você para sempre, lá no fundo do coração, certo? Seu pai era um homem direito, um profissional de verdade num tempo em que o profissionalismo no futebol era coisa ainda mais rara do que hoje em dia. Seu pai era contra esse negócio de droga, fosse de que tipo fosse. Ele rezava para que você e o Régis nunca se metessem com isso. Quando foi pego no exame, o mundo dele desabou. Estavam colocando em dúvida a moral dele. Foi isso que o matou. O que o matou foi terem colocado em dúvida a moral dele.

Nilo se levantou, foi até o portão, apoiou-se nele com as mãos, olhou para ambos os lados da ruela sem calçamento e voltou-se para Ricardinho.

— Seu pai tomou aquela merda daquele remédio na maior inocência. Nunca passou pela cabeça dele que fosse dar problema. Ele não tomou aquilo para correr mais. Estava gripado, eu sei porque eu o vi com um lenço, espirrando, na semana do jogo. Eu lembro que ele me disse: "Porra, Nilo, estou com uma gripe dos infernos."

Ele ficou olhando para o velho que fora o melhor amigo de seu pai.

— Você jura?

— Você acha que estou inventando? Cadê o diabo do respeito, garoto? — perguntou, forçando o riso.

— Desculpa, Nilo, não é isso.

— Fica tranqüilo, rapaz. Vai tocar a sua vida. Tira isso da cabeça. Seu pai foi o homem mais direito que eu conheci, um atleta exemplar.

— Valeu, Nilo. Desculpa se eu te perturbei.

— Que perturbou nada. É um prazer falar com você.

Ricardo se levantou, foi até a porta da casa, entrou, beijou Diná, que lhe desejou "tudo de bom", voltou à varanda e, antes de sair pelo portão, abraçou Nilo. Depois foi embora.

Nilo ficou observando-o se afastar, caminhando pela ruela de terra. Tinha deixado o carro lá embaixo, no asfalto. Nilo ficou com os antebraços apoiados no portão.

Diná surgiu, repentina e silenciosamente.

— Por que você não conta logo a verdade a ele?

— Porque ainda não está na hora.

— Acho que para você nunca vai estar na hora.

— Um dia, Diná. Um dia eu conto para ele. Mas não agora. Ele é um garoto muito bom, mas ainda não está pronto.

— Mas Nilo...

— E vamos encerrar esse assunto, que eu já cansei de ficar remexendo na vida do Zé Carlos. O meu amigo morreu. Já não é suficiente? Chega.

Ele sabia que, mais cedo ou mais tarde, teria de contar ao garoto o que de fato ocorrera. Mas mesmo quando essa hora chegasse, não contaria toda a verdade, não poderia. Havia uma parte que ele manteria para sempre em segredo; a parte que o comprometia terrivelmente, como autor da idéia que desencadeou toda aquela desgraça, o principal responsável pelo passo em falso, fatal, de seu melhor amigo.

Feliz Natal

O pai tinha perguntado se podia passar o Natal com seus três filhos. Ciro e seus irmãos, Nilton e Emerson, jogavam no maior clube da cidade. Ciro, cujo talento começava a ser reconhecido nacionalmente, fora promovido aos profissionais havia menos de um ano; Nilton, considerado um jovem promissor, estava nos juniores; Emerson atuava no juvenil e já chamava a atenção da comissão técnica dos juniores e da dos profissionais. Combinaram de receber o pai, Odair, ex-jogador, para jantar no dia 25. O encontro seria no pequeno apartamento onde Ciro morava de aluguel, no centro da cidade. A mãe, Cícera, não queria ver o ex-marido nem pintado de ouro, como ela costumava dizer.

Emerson não queria encontrar o pai. Nilton estava eufórico com a possibilidade de ver o velho depois de mais de quatro anos apenas falando com ele por telefone em ocasiões especiais. Ciro tentava pacificar o irmão mais novo e conter o entusiasmo excessivo do irmão do meio.

O pai mandara uma carta.

— O que ele quer com a gente? — perguntara Emerson em sua primeira reação à chegada da carta. — Por que isso agora? Ele nunca quis saber dos filhos. Eu estou fora. Não quero conversa com ele.

— Ele está querendo se reaproximar, só pode ser isso — disse Nilton.

— Porra, você vai ser ingênuo até quando, cara? Nosso pai é um sacana, não vale nada, só pensa nele, sempre cagou para a família!

— Não fala assim, ele é nosso pai!

— Nosso pai coisa nenhuma.

Ciro interrompeu a discussão:

— Eu acho que a gente deve deixar ele vir. Temos muita coisa para dizer para ele, e ele tem muita coisa para dizer para a gente.

— É isso aí — disse Nilton. E continuou, encarando o irmão caçula: — Pensa bem. É uma chance que a gente tem de esclarecer as coisas.

— Esclarecer o quê? Por acaso a gente vai perguntar para ele: Pai, por que você foi embora? Pai, você não sente falta dos seus filhos? Pai, o que nós temos de errado? Pai, por que você não gosta da gente?

A conversa invadiu a madrugada. No fim, concordaram em receber o pai. O combinado: encontrariam-se no apartamento de Ciro, preparariam carne de porco assada, comprariam salada de maionese e cerveja. Não tomavam uísque, mas o pai gostava e então decidiram comprar um litro de um uísque nacional no supermercado. Passariam a noite do dia 24 com a mãe, e almoçariam com ela no dia 25. Depois do almoço, ela iria para a casa de uma velha amiga da família. (A mãe não disse uma palavra, não fez um comentário sequer ao ficar sabendo da história da visita do ex-marido aos filhos.)

Os dias que antecederam o encontro foram preenchidos de maneiras diferentes (e ao mesmo tempo tão iguais) pelos três irmãos. Nilton levava velhas fotos do pai aonde quer que fosse. A maioria delas mostrava Odair em uniforme de jogo, posando ao lado de companheiros. O pai jogara em sete clubes ao longo de uma carreira encerrada aos 34 anos de idade. Emerson nem chegava perto das fotos. Quando Nilton perguntava se ele não queria dar uma olhada nelas, Emerson ria e perguntava se havia alguma foto do pai depois de ele ter parado de jogar, fotos dos tempos em que o velho, em vez da bola, queria saber mesmo era de bebida e drogas, que pavimentaram seu caminho até a penitenciária. Ciro achava engraçado o fato de, depois de tudo o que ocorrera, não conseguir saber se amava ou odiava o pai; se o admirava ou tinha vergonha dele; se o queria de novo por perto ou se gostaria mesmo é que ele sumisse para sempre, deixando todos eles em paz. As lembranças do ex-jogador Odair, lateral medíocre, pai e marido alcoólatra e violento, dominavam a mente dos três irmãos.

Na noite do dia 25, a espera. Sete horas, Nilton pôs a carne no forno. Oito horas, Ciro conferiu a quantidade de gelo na geladeira. Nove horas, Emerson desligou o aparelho de som, ligou a TV e, jogado no pequeno sofá, encontrou um show para assistir. Dez horas, e o interfone não tocou, tampouco o telefone deu sinal de vida. E o tempo passou, e a noite avançou, e a carne de porco torrou no forno, e a cerveja congelou na geladeira e o uísque continuou fechado, porque o pai não apareceu. Emerson chorou (de ódio e tristeza), Nilton chorou (de tristeza e frustração) e Ciro prometeu para si mesmo que o pai tinha morrido para ele naquele 25 de dezembro. Para ele, o jogo se encerrara; a bola parara de rolar de vez naquela longa e melancólica partida sem vencedor.

Sonhos

Nosso helicóptero pousou no meio de um pequeno estádio na cidade de Baños, região central do Equador. Um grupo de crianças estava tendo aula de Educação Física. Algumas delas corriam na pista atlética que circundava o campo de futebol, enquanto outras faziam ginástica atrás de um dos gols. Depois que saímos do helicóptero, com as hélices ainda girando, alguns meninos e meninas se aproximaram. Um garoto magro tinha uma bola de futebol debaixo do braço. Estava bastante gasta, com a costura rompendo em alguns pontos e a câmara aparecendo entre os gomos pretos e brancos. Ele a rolou suavemente em minha direção, com o pé direito. Era a sua maneira de nos dizer: "Bem-vindos."

Chutei-a de volta, com um leve toque da parte interna do pé injustamente calçado com uma bota de trabalho, e ele então abriu um sorriso. Ficamos ali, trocando passes sob o sol do final da manhã por alguns minutos, enquanto o fotógrafo que me acompanhava, contratado pela revista da empresa (da qual eu era editor), o piloto e o co-piloto do helicóptero e dois engenheiros que foram nos receber divertiam-se observando a cena.

Partimos em direção ao escritório do canteiro de obras. O vulcão Tungurahua, que voltara à atividade havia dez anos, estava à nossa direita, tão alto e extenso que, dependendo do quanto o carro se aproximasse dele, a impressão que se tinha era de que o dia estava chegando ao fim. A região era uma sucessão de montanhas, cascatas e vales formados pela mata fechada e muito verde e rios de águas claras.

Já havíamos sobrevoado a obra. Lá de cima, sentado no chão do helicóptero, que tivera uma das portas retirada, meu parceiro fotógrafo fizera uma grande quantidade de fotos. Depois do almoço, iríamos até os locais onde os trabalhos estavam acontecendo para fazer as fotos de detalhes e conversar com o pessoal. A companhia estava construindo uma central hidrelétrica que aproveitaria as águas turbinadas de uma usina distante cerca de dez quilômetros. Uma obra diferente, sem barragem, que consistia, fundamentalmente, na construção de um longo túnel e de uma casa de máquinas.

No escritório, ouvi uma breve porém rica explicação sobre a obra. Depois almoçamos peixe em um pequeno restaurante na estrada. Na obra, encontrei engenheiros, encarregados e operários, jovens e veteranos, do Brasil, do Equador, do Chile e de outros países. Cada um com a sua história para contar. Gente acostumada ao trabalho extenuante. Gente que gosta do que faz. Como o encarregado equatoriano Gonzalo Castillo, sempre com a camisa do seu amado Barcelona de Guayaquil sob o uniforme da empresa.

À noite, conhecemos o alemão Helmut. Estava no Equador havia quase quarenta anos. Tinha recém saído da adolescência quando, de mochila nas costas, foi conhecer a América do Sul. Nunca mais voltou para a Europa. Casou-se com Manuela, nascida e criada na região de Baños. Tiveram quatro filhos. Começaram hospedando gente em sua casa, a maioria turistas europeus em busca de contato com a natureza, e agora eram donos do hotel em que estávamos hospedados e de uma loja que vendia artesanato e vestuário típicos da região. Deram muito duro e conquistaram algum conforto.

Helmut e Manuela vieram conversar conosco quando jantávamos. Queriam saber se a comida estava boa, se as acomodações eram do nosso agrado e em que região do Brasil morávamos. Helmut ainda tinha o sotaque carregado da região de Hamburgo, onde nascera e crescera.

— Meu neto disse que jogou futebol com você hoje — ele me falou. — Lá no estádio.

— Sim, é verdade. Um menino muito simpático.

— Ele quer ser jogador de futebol — Manuela comentou.

— Ficou muito feliz porque você bateu bola com ele — contou Helmut.

Eu sorri e disse, meio sério, meio brincando:

— Ele leva jeito. Acho que tem futuro.

Helmut e Manuela olharam um para o outro.

— É um sonho que nunca vai se realizar — disse Helmut. — Ele tem um problema nos pulmões. Toda a vida dele é controlada. Por nós, pelos professores, pelos médicos. — Ele agora olhava para o chão, as lágrimas começando a aflorar. Lembrei do aspecto frágil do menino.

— Diego acompanha as outras crianças em algumas atividades físicas da escola. Ele só não pode fazer muito esforço. Os professores têm muito carinho por ele. Os colegas também. Os pais dele estão na Espanha, tentando juntar algum dinheiro.

No dia seguinte, quando estávamos nos encaminhando para o helicóptero para voltar a Quito, Diego apareceu no estádio. Veio caminhando em nossa direção, acompanhado de três garotos. Usavam camisetas amarelas, calções azuis e meias brancas. As mesmas cores, mas de tons diferentes. Era uma brava tentativa de uniforme da Seleção Brasileira. Virei-me para eles e Diego rolou a bola para mim. Eu a devolvi com um toque suave. Ele mandou a bola de novo. Outra vez, a devolvi. Ele então sentou-se sobre a bola, sorriu e abanou em nossa direção. Foi a sua maneira de dizer: "Adeus."

De volta ao Brasil, contei ao diretor de comunicação da empresa, meu chefe, o que acontecera em Baños. Roberto Lima Lopes, velho jornalista, apaixonado por futebol e avô de dois garotos, comoveu-se com a história do menino Diego.

Dois dias depois, para minha completa surpresa, Roberto entrou na minha sala e contou que entrara em contato com os responsáveis pela obra no Equador. Sugeriu a eles que fosse dado um presente para Diego: uma viagem ao Brasil, ao Rio de Janeiro, para assistir a um jogo no Maracanã. O garoto viria acompanhado pelo avô, Helmut, ficariam num hotel em Copacabana e, se eu estivesse de acordo, seriam acompanhados por mim durante sua permanência na cidade.

Minha surpresa foi rapidamente dando lugar à alegria por causa daquela notícia e à admiração por Roberto.

Vinte e dois dias depois daquela conversa na minha sala, numa sexta-feira à noite, Helmut e Diego desembarcaram no Galeão. A empresa ofereceu um carro com motorista para ir buscá-los no aeroporto, mas eu disse que faria isso com o meu carro.

Eles foram os primeiros a sair pelo portão de desembarque. Helmut vestia calça jeans e uma camisa de mangas compridas para fora da calça. Diego era só olhos arregalados. Trajava uma camisa novinha da Seleção Brasileira. Os dois sorriram logo que me viram. Trocamos abraços e cumprimentos efusivos e sinceros. Eles agradeceram pelo que eu havia feito, Helmut disse que eu estava sendo responsável pela maior alegria na vida de Diego. Eu respondi que fizera apenas uma parte, que havia uma pessoa com quem eu trabalhava que tinha sido o grande responsável por aquilo estar acontecendo, uma pessoa que estaria conosco no jogo no Maracanã, marcado para domingo à tarde.

Deixei-os no hotel, com um cartão no qual estavam anotados os números do meu telefone de casa e do celular. No sábado de manhã, fomos caminhar pelo calçadão, em Copacabana e Ipanema. Diego, sempre com a camisa da Seleção Brasileira, quis correr um pouco na areia, o que fez Helmut, meio apreensivo, dizer:

— Vá com calma, Dieguito.

Paramos para assistir a uma partida de futevôlei. Helmut ficou impressionado com a habilidade dos quatro jogadores. Os olhos de Diego pareciam que iam saltar. Depois, paramos para ver um grupo de rapazes e moças que, numa rodinha na areia, trocavam passes sem deixar a bola cair.

— Mas até as moças são craques — disse Helmut.

Almoçamos num restaurante na avenida Atlântica, depois fomos até minha casa, onde passamos o resto da tarde.

Diego, demonstrando um faro poderoso, rapidamente localizou um DVD com imagens de todas as finais de Copas do Mundo com a participação do Brasil. Assistiu muito sério às cenas em que brasileiros e uruguaios, terminada a última partida da Copa de 50, choravam por motivos diferentes. Mais adiante, chegou a levantar do sofá, num salto, sem se dar conta disso, quando o capitão Carlos Alberto Torres marcou seu gol na final da Copa de 70, contra a Itália, depois de um passe perfeito de Pelé.

— Amanhã vamos almoçar num bairro chamado São Cristóvão, na zona Norte, e depois vamos para o Maracanã — eu disse. — Tudo bem? — Eles concordaram com sorrisos no rosto.

Levei-os até o hotel, localizado a três quadras do meu prédio. No lobby, eles me agradeceram pelo dia agradável e se retiraram.

Fui para casa me lembrando de um menino de calção rasgado e tênis surrados, sem camisa, correndo num terreno baldio atrás de uma bola de couro com gomos pretos e brancos, ao lado de primos e amigos, numa cidade no interior do Rio Grande do Sul, mais de trinta anos atrás. Pensei nele e tive a certeza de que aquele menino e eu não tínhamos nos perdido um do outro; ainda éramos um só.

No domingo, chegamos cedo ao Maracanã, muito antes do horário marcado para o início do jogo. Caminhamos pela área externa do estádio por um tempo e depois fomos diretamente para o estátua do Bellini, onde encontraríamos o diretor de comunicação. Bellini fora o capitão brasileiro na Copa de 58, na Suécia, como expliquei a Diego. Helmut me perguntou sobre os outros jogadores daquele time fantástico que, para ele, tinham formado a melhor Seleção Brasileira de todos os tempos: onde estavam, o que faziam. Contei o que sabia. Antes que eu terminasse meu suado relato, Roberto apareceu. Apresentei-o a Helmut e Diego e falei que aquele era o homem que tornara possível o acontecimento que estávamos vivenciando. Helmut lhe agradeceu pelo que fizera. Roberto — que falava espanhol fluentemente e tinha uma memória espantosa para as coisas do futebol — logo conquistou Diego, e os dois começaram a conversar como se se conhecessem desde sempre.

Diego estava ansioso para entrar e foi o que fizemos. A empolgação do menino era evidente e contagiante. Subimos a rampa, em direção às arquibancadas. Quando estávamos para entrar no pequeno túnel que leva à arquibancada, Diego parou e soltou a mão de Helmut. Depois nos olhou, sorriu, fez o sinal-da-cruz e, saltitando, entrou no túnel, exatamente da forma como imaginou que um jogador profissional costumava fazer. Fomos, eu, Helmut e Roberto, atrás de Diego, satisfeitos, sensibilizados e, por isso mesmo, evitando trocas de olhares que poderiam revelar uma emoção que julgávamos que a dureza da vida havia levado embora.

A partida daquele domingo colocava frente à frente no gramado do Maracanã o vice-líder e o lanterna do campeonato nacional. Faltavam poucas rodadas para o término da competição e era certo que o último colocado, o visitante naquela oportunidade, faria de tudo para vencer. Não foi um grande jogo: houve muitas faltas, muitos erros de passe, poucos lances de gol, as duas equipes marcando com rigor militar. Mas, por outro lado, foi uma partida disputada com garra, não faltou empenho a ambos os times e a torcida do clube da casa, que compareceu em bom número, cantou e apoiou a equipe o tempo todo.

Levei uma máquina digital e fiz várias fotos de Diego sozinho, sentado, de pé, xingando o árbitro, rindo de alguma coisa engraçada que algum torcedor próximo fazia ou dizia (e que Roberto traduzia sem descanso). Fiz fotos de Diego com Helmut e com Roberto; Roberto me fotografou ao lado de Diego e depois com Diego e Helmut.

O jogo terminou dois a zero para o time da casa, resultado que complicou terrivelmente a situação do lanterna; dificilmente escaparia do rebaixamento.

No final jogo, descemos a rampa devagar. Contei a Diego, com detalhes acrescentados por Roberto, que aquele trajeto que agora estávamos fazendo fora percorrido, depois de terminada a final da Copa de 50, por uma multidão jamais reunida até então para um jogo de futebol. E que a multidão tinha feito aquele caminho em completo silêncio, arrasada por uma derrota que quase todo mundo considerava impossível.

Helmut e Diego embarcaram de volta para o Equador na segunda-feira à noite. Fui levá-los ao aeroporto.

Antes de passar no hotel para apanhá-los, parei numa loja de artigos esportivos e comprei uma bola de futebol oficial, toda branca. Deixei-a dentro de uma mochila, no porta-malas do carro.

No aeroporto, nos sentamos para esperar a chamada do vôo para Quito. Coloquei a mochila no assento ao meu lado. Diego relembrava cada lance do jogo do dia anterior, descreveu os gols em detalhe, argumentou sobre o que faltou ser feito por ambos os times, quais foram seus erros, seus acertos, criticou os técnicos, elogiou a torcida.

Então o sistema de alto-falantes anunciou o vôo deles. Helmut disse que estariam me esperando lá em Baños, que sempre haveria um quarto à minha disposição, e que eu havia feito amigos eternos no Equador. Agradeci e disse que se ele continuasse a insistir eu acabaria aparecendo mesmo por lá nas próximas férias. Diego me deu um aperto de mão e, em seguida, um abraço apertado, de um jeito que eu não me recordava de ter recebido algum dia na minha vida.

Quando já estavam entregando seus cartões para o funcionário da companhia aérea, chamei Diego. Ele se voltou para mim, seguido por Helmut. Tirei da mochila a bola novinha em folha e a chutei para ele, devagar, com a parte interna do pé direito. Foi a minha maneira de dizer: "Até breve." Ele sorriu, colocou a bola debaixo do braço e desapareceu na sala de embarque ao lado do avô.

Este livro foi composto na tipologia Electra LH Regular, em corpo 11,5/16, e impresso em papel off-white 90g/m² no Sistema Cameron da Divisão Gráfica da Distribuidora Record.